聊斋志异

册五

［清］蒲松龄 著

万卷出版公司

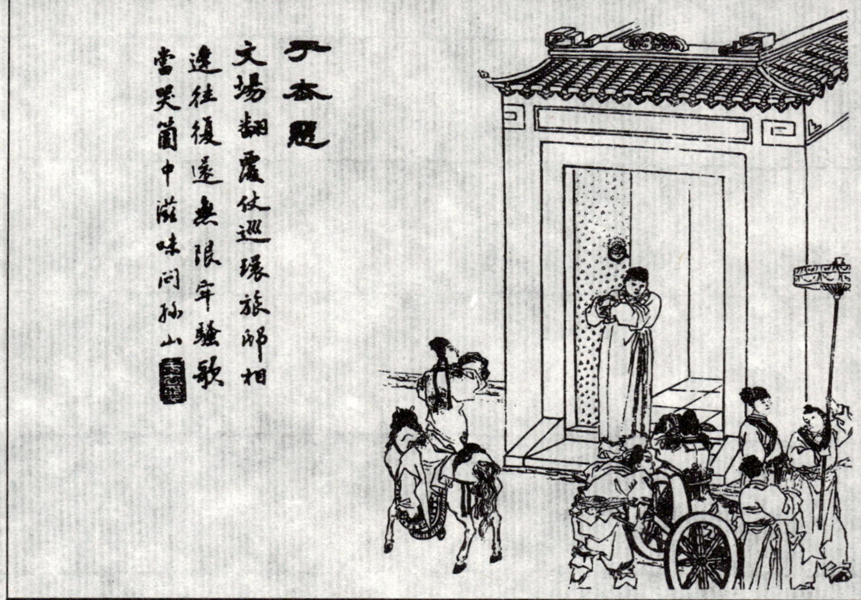

《素问·四气调神大论》：夫病已成而后药之，乱已成而后治之，譬犹渴而穿井，斗而铸锥，不亦晚乎。

于去恶

北平陶圣俞，名下士①。顺治间赴乡试，寓居郊郭。偶出户，见一人负笈侄儴，似卜居未就者。略诘之，遂释负于道，相与倾语，言论有名士风。陶大说之，请与同居。客喜，携囊入，遂同栖止。客自言：『顺天人，姓于，字去恶。』以陶差长，兄之。

于性不喜游瞩，常独坐一室，而案头无书卷。陶不与谈，则默卧而已。陶疑之，搜其囊箧，则笔研之外更无长物。怪而问之，笑曰：『吾辈读书，岂临渴始掘井②耶？』一日就陶借书去，闭户抄甚疾，终日五十余纸，亦不见其折迭成卷。窃窥之，则每一稿脱，则烧灰吞之。愈益怪焉，诘其故，曰：『我以此代读耳。』便诵所抄书，倾刻数篇，一字无讹。陶悦，欲传其术，于以为不可。陶疑其吝，词涉诮让，于曰：『兄诚不谅我之深矣。欲不言，则此心无以自剖；骤言之，又恐惊为异怪。奈何？』陶固谓：『不妨。』于曰：『我非人，实鬼耳。今冥中以科目授官，七月十四日奉诏考帘官③，十五日士子入闱，月尽榜放矣。』陶问：『考帘官为何？』曰：『此上帝慎重之意，无论鸟吏鳖官④，皆考之。能文者以内帘用，不通者不得与焉。盖阴之有诸神，犹阳之有守令也。得志诸公，目不睹坟、

于去恶

文場翻覆似巡環旅邸相逢往復遂無限牢騷歌當哭闈中滋味問孫山

典⑤，不过少年持敲门砖，猎取功名，门既开则弃去，再司簿书十数年即文学士，胸中尚有字耶！阳世所以陋劣幸进，而英雄失志者，惟少此一考耳。」陶深然之，由是益加敬畏。一日自外来，有忧色，叹曰：「仆生而贫贱，自谓死后可免；不谓迍邅先生⑥相从地下。」陶请其故，曰：「文昌奉命都罗国封王，帘官之考遂罢。数十年游神耗鬼⑦，杂入衡文，吾辈宁有望耶？」陶问：「此辈皆谁何人？」曰：「即言之，君亦不识。略举一二人，大概可知：乐正师旷、司库和峤⑧是也。仆自念命不可凭，文不可恃，不如休耳。」言已怏怏，遂将治任⑨。陶挽而慰之，乃止。

至中元之夕，谓陶曰：「我将入闱。烦于昧爽时，持香炷于东野，三呼去恶，我便至。」乃出门去。陶沽酒烹鲜以待之。东方既白，敬如所嘱。无何，于偕一少年来。问其姓字，于曰：「此方子晋，是我良友，适于场中相邂逅。

《汉书·景帝纪》语：不事官职耗乱者，丞相以闻，请其罪。

闻兄盛名，深欲拜识。」同至寓，秉烛为礼。少年亭亭似玉，意度谦婉。陶甚爱之，便问：「子晋佳作，当大快意。」于曰：「言之可笑！闱中七则，作过半矣，细审主司姓名，裹具径出。奇人也！」陶扇炉进酒，因问：「闱中何题？去恶魁解⑩否？」于曰：「书艺、经论⑪各一，夫人而能之。策问⑫：「自古邪僻固多，而世风至今日，奸情丑态，愈不可名，不惟十八狱所不得尽，抑非十八狱所能容。是果何术而可？或谓宜量加一二狱，然殊失上帝好生之心。其宜增与、否与，或别有道以清其源，尔多士其悉言勿隐。」弟策虽不佳，颇为痛快。表：「拟天魔殄灭，赐群臣龙马⑬天衣有差。」次则《瑶台应制诗》、《西池桃花赋》。此三种，自谓场中无两矣！」言已鼓掌。方笑曰：「此时快心，放兄独步矣；数辰后，不痛哭始为男子也。」天明，方欲辞去。陶留与同寓，方不可，但期暮至。三日竟不复来。陶使于往寻之。于曰：「无须。

《周礼·天官·庾人》：马八尺以上为龙，七尺以上为，六尺以上为马。

子晋拳拳，非无意者。」日既西，方果来。出一卷授陶，曰：『三日失约，敬录旧艺百余作，求一品题。』陶捧读大喜，一句一赞，略尽一二首，遂藏诸笥。谈至更深，方遂留，与于共榻寝。自此为常。方无夕不至，陶亦无方不欢也。

一夕仓皇而入，向陶曰：『地榜已揭，于五兄落第矣！』于方卧，闻言惊起，泫然流涕。二人极意慰藉，涕始止。然相对默默，殊不可堪。方曰：『适闻大巡环张桓侯⑭将至，恐失志者之造言也；不然，文场尚有翻覆。』于闻之色喜。陶询其故，曰：『桓侯翼德，三十年一巡阴曹，三十五年一巡阳世，两间之不平，待此老而一消也。』乃起，拉方俱去。两夜始返，方喜谓陶曰：『君不贺五兄耶？桓侯前夕至，裂碎地榜，榜上名字，止存三之一。遍阅遗卷，得五兄甚喜，荐作交南巡海使，旦晚舆马可到。』陶大喜，置酒称贺。酒数行，于问陶曰：『君家有闲舍否？』问：『将何为？』曰：『子晋孤无乡土，又不忍恝然于兄。弟意欲假馆相依。』陶喜曰：『如此，为幸多矣。即无多屋宇，同榻何碍。但有严君，须先关白。』于曰：『审知尊大人慈厚可依。兄场闱有日，子晋如不能待，先归何如？』陶留伴逆旅，以待同归。

次日方暮，有车马至门，接于莅任。于起，握手曰：『从此别矣。一言欲告，又恐阻锐进之志。』问：『何言？』曰：『君命淹蹇，生非其时。此科之分十之一；后科桓侯临世，公道初彰，十之三；三科始可望也。』陶闻欲中止。于曰：『不然，此皆天数。即明知不可，而注定之艰苦，亦要历尽耳。』又顾方曰：『勿淹滞，今朝年、月、日、时皆良，即以舆盖送君归。仆驰马自去。』方忻然拜别。陶中心迷乱，不知所嘱，但挥涕送之。见舆马分途，顷刻都散。始悔子晋北旋，未致一字，而已无及矣。

三场毕，不甚满志，奔波而归。入门问子晋，家中并无知者。因为父述

之，父喜曰：『若然，则客至久矣。』先是陶翁昼卧，梦舆盖止于其门，一美少年自车中出，登堂展拜。讶问所来，答云：『大哥许假一舍，以入闱不得偕来。我先至矣。』言已，请入拜母。翁方谦却，适家媪入曰：『夫人产公子矣。』恍然而醒，大奇之。是日陶言，适与梦符，乃知儿即子晋后身也。父子各喜，名之小晋。儿初生，善夜啼，母苦之。陶曰：『倘是子晋，我见之，啼当止。』俗忌客忤，故不令陶见。母患啼不可耐，乃呼陶入。陶呜之曰：『子晋勿尔！我来矣！』儿啼正急，闻声辍止，停睇不瞬，如审顾状。陶摩顶而去。自是竟不复啼。数月后，陶不敢见之，一见则折腰索抱，走去则啼不可止。陶亦狎爱之。四岁离母，辄就兄眠；兄他出，则假寐以俟其归。兄于枕上教毛诗，诵声呢喃，夜尽四十余行。以子晋遗文授之，欣然乐读，过口成诵；试之他文不能也。八九岁眉目朗彻，宛然一子晋矣。

陶两入闱，皆不第。丁酉，文场事发，帘官多遭诛遣，贡举之途一肃，乃张巡环力也。陶下科中副车，寻贡。遂灰志前途，隐居教弟。尝语人曰：『吾有此乐，翰苑不易也。』

异史氏曰：余每至张夫子庙堂，瞻其须眉，凛凛有生气。又其生平喑哑如霹雳声，矛马所至，无不大快，出人意表。世以将军好武，遂置与绛，灌伍，宁知文昌事繁，须侯固多哉！呜呼！三十五年，来何暮也！

王阮亭云：『数科来关节公行，非啖名即垄断，脱有桓侯，亦无如何矣。悲哉！』

注释 ①名下士：名下之士，有盛名之士。②临渴始掘井：喻事到临头才开始做准备。《素问·四气调神大论》：『夫病已成而后药之，乱已成而后治之，譬犹渴而穿井，斗而铸锥，不亦晚乎。』③帘官：明清科举考试中对乡、会试考场内的考官的统称。考试期间，贡院至公堂后的内龙门，由监临封锁，并在门外挂帘。考场内的官员根据工作性质分别住在帘内和帘外，故分为内帘官和外帘官。外帘官管理考场中的各项事务，内帘官主要职责为阅卷。④鸟吏鳖官：此处指骂官场的粗话。⑤坟、典：即『三坟五典』。《左传·昭公十二年》：『是能读三坟五典八索九丘。』⑥迍邅先生：这是拟人化的说法，犹言『倒霉鬼』。迍邅，难行貌，喻时运不佳。⑦耗鬼：原指耗乱不明的鬼，此处比喻糊涂的考官。耗，耗乱不明。《汉书·景帝纪》诏：『不事官职耗乱者，丞相以闻，请其罪。』师古曰：『耗，不明也，读如眊同。』⑧乐正师旷、司库和峤：乐正，官名，乐官之长。师旷，春秋时晋国的乐师，

天生目盲，但辨音能力很强。司库，主管钱库之官。和峤，晋人，家财万贯而贪婪吝啬，杜预说他有钱癖。此处用此二人比喻考官有眼无珠，贪财受贿。⑨治任：整理行装，准备离去。《孟子·滕文公上》：「门人治任将归。」注：「任，担也。」疏：「担于肩者，载于车者，通谓之任。」⑩魁解：科举乡试中式第一名。魁，经魁。唐代科举制度，进士由多而贡曰解。明代科举以「五经」取士，每经各取第一名叫「经魁」，故前五名称「五经魁」或「五魁」。明清乡试亦称「解试」，乡试第一名称为「解元」。魁、解，此处作取得魁首、解元之意。⑪书艺、经论：旧时科举制度的考试内容，根据「四书」所出的八股文试题叫「书艺」；据「五经」所出的八股文试题「经论」或「经义」。⑫策问：旧时科举制度的考试内容，亦称「策论」，为结合时事时政之对策问答。⑬龙马：指骏马，宝马。《周礼·天官·庚人》：「马八尺以上为龙，七尺以上为，六尺以上为马。」⑭大巡环张桓候：三国时蜀汉名将张飞。张飞，字益德，死后谥号桓侯。大巡环，作者虚拟的官名，取巡回视察之意。

凤仙

刘赤水，平乐①人，少颖秀，十五入郡庠。父母早亡，遂以游荡自废。家不中资，而性好修饰，衾榻皆精美。一夕被人招饮，忘灭烛而去。酒数行始忆之，急返。闻室中小语，伏窥之，见少年拥丽者眠榻上。宅临贵家废第，恒多怪异，心知其狐，亦不恐，入而叱曰：『卧榻岂容鼾睡！』二人遑遽，抱衣赤

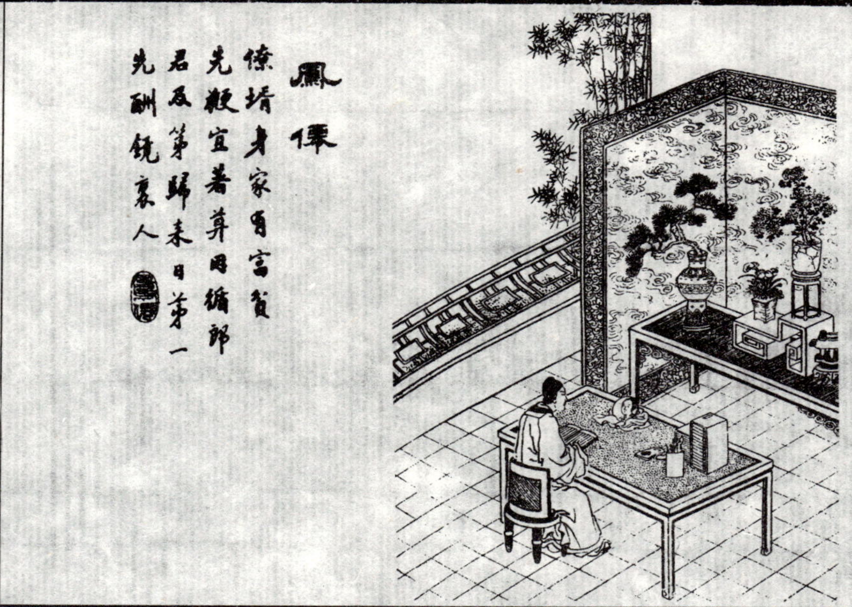

身遁去。遗紫绔裤一，带上系针囊。大悦，恐其窃去，藏衾中而抱之。俄一蓬头婢自门罅入，向刘索取。刘笑要偿。婢请遗以酒，不应；赠以金，又不应。婢笑而去。旋返曰：『大姑言：如赐还，当以佳偶为报。』刘问：『伊谁？』曰：『吾家皮姓，大姑小字八仙，共卧者胡郎也；二姑水仙，适富川②丁官人；三姑凤仙，较两姑尤美，自无不当意者。』刘恐失信，请坐待好音。婢去复返曰：『大姑寄语官人：好事岂

《诗·唐风·绸缪》：今夕何夕，见此良人。子兮子兮，如此良人何。

《诗·大雅·瞻卬》：妇有长舌，维厉之阶。

能猝合？适与之言，反遭诟厉；但缓时日以待之，吾家非轻诺寡信者。』刘付之。

过数日渺无信息。薄暮自外归，闭门甫坐，忽双扉自启，两人以被承女郎，手捉四角而入，曰：『送新人至矣！』笑置榻上而去。近视之，酣睡未醒，酒气犹芳，赪颜醉态，倾绝人寰。喜极，为之捉足解袜，抱体缓裳。而女已微醒，开目见刘，四肢不能自主，但恨曰：『八仙淫婢卖我矣！』刘狎抱之。女嫌肤冰，微笑曰：『今夕何夕，见此凉人③！』刘曰：『子兮子兮，如此凉人何！』遂相欢爱。既而曰：『婢子无耻，玷人床寝，而以妾换裤耶！必小报之！』

从此无夕不至，绸缪甚殷。袖中出金钏一枚，曰：『此八仙物也。』又数日，怀绣履一双来，珠嵌金绣，工巧殊绝，且嘱刘暴扬之。刘出夸示亲宾，求

观者皆以资酒为贽，由此奇货居之。女夜来，作别语。怪问之，答云：『姊以履故恨妾，欲携家远去，隔绝我好。』刘惧，愿还之。女云：『不必，彼方以此挟妾，如还之，中其机矣。』刘问：『何不独留？』曰：『父母远去，一家十余口，俱托胡郎经纪，若不从去，恐长舌妇④造黑白也。』从此不复至。

逾二年，思念綦切。偶在途中，遇女郎骑款段马，老仆鞚之，摩肩过；反启障纱相窥，丰姿艳艳。顷，一少年后至，曰：『女子何人？似颇佳丽。』刘亟赞之。少年拱手笑曰：『太过奖矣！此即山荆也。』刘惶愧谢过。少年曰：『何妨。但南阳三葛，君得其龙⑤，区区者又何足道！』刘疑其言。少年曰：『君不认窃眠卧榻者耶？』刘始悟为胡。叙僚婿之谊，嘲谑甚欢。少年曰：『岳新归，将以省觐，可同行否？』刘喜，从入萦山。

山上故有邑人避乱之宅，女下马入。少间，数人出望，曰：『刘官人亦来

矣。』入门谒见翁妪。又一少年先在，靴袍炫美。翁曰：『此富川丁婿。』并揖就坐。少时，酒炙纷纶，谈笑颇洽。翁曰：『今日三婿并临，可称佳集。又无他人，可唤儿辈来。作一团圞之会。』俄，姊妹俱出，翁命设坐，各傍其婿。八仙见刘，惟掩口而笑；凤仙辄与嘲弄；水仙貌少亚，而沉重温克，满座倾谈，惟把酒含笑而已。于是履舄交错，兰麝熏人，饮酒乐甚。刘视床头乐具毕备，遂取玉笛，请为翁寿。翁喜，命善者各执一艺，因而合座争取，惟丁与凤仙不取。八仙曰：『丁郎不谙可也，汝宁指屈不伸者？』因以拍板掷凤仙怀中，便串繁响。翁悦曰：『家人之乐极矣！儿辈俱能歌舞，何不各尽所长？』八仙起，捉水仙曰：『凤仙从来金玉其音，不敢相劳；我二人可歌《洛妃》一曲。』二人歌舞方已，适婢以金盘进果，都不知其何名。翁曰：『此自真腊⑥携来，所谓「田婆罗」也。』因掬数枚送丁前。凤仙不悦曰：『婿岂以贫富为爱憎耶？』翁微哂不言。八仙曰：『阿爹以丁郎异县，故是客耳。若论长幼，岂独凤妹妹有拳大酸婿耶？』凤仙终不快，解华妆，以鼓拍授婢，唱《破窑》一折，声泪俱下；既阕，拂袖径去，一座为之不欢。八仙曰：『婢子乔性犹昔。』乃追之，不知所往。

刘无颜，亦辞而归。至半途见凤仙坐路旁，呼与并坐，曰：『君一丈夫，不能为床头人吐气耶？黄金屋自在书中，愿好为之。』举足云：『出门匆遽，棘刺破复履矣，所赠物，在身边否？』刘出之，女取而易之。刘乞其敝者，辗然曰：『君亦大无赖矣！几见自己衾枕之物，亦要怀藏者？如相见爱，一物可以相赠。』旋出一镜付之曰：『欲见妾，当于书卷中觅之；不然，相见无期矣。』言已不见。

怊怅而归。视镜，则凤仙背立其中，如望去人于百步之外者。因念所嘱，

谢客下帷。一日见镜中人忽现正面，盈盈欲笑，益重爱之。无人时，辄以共对。月余锐志渐衰，游恒忘返。归见镜影，惨然若涕；隔日再视，则背立如初矣：始悟为己之废学也。乃闭户研读，昼夜不辍；月余则影复向外。自此验之：每有事荒废，则其容戚；数日攻苦，则其容笑。于是朝夕悬之，如对师保。如此二年，一举而捷。喜曰：『今可以对我凤仙矣！』揽镜视之，见画黛弯长，瓠犀微露，喜容可掬，宛在目前。爱极，停睇不已。忽镜中人笑曰：『「影里情郎，画中爱宠」，今之谓矣。』惊喜四顾，则凤仙已在座右。握手问翁媪起居，曰：『妾别后不曾归家，伏处岩穴，聊与君分苦耳。』刘赴宴郡中，女请与俱；共乘而往，人对面不相窥。既而将归，阴与刘谋，伪为娶于郡也者。女既归，始出见客，经理家政。人皆惊其美，而不知其狐也。

刘属富川令门人，往谒之。遇丁，殷殷邀至其家，款礼优渥，言：『岳父母近又他徙。内人归宁，将复。当寄信往，并诣申贺。』刘初疑丁亦狐，及细审邦族，始知富川大贾子也。初，丁自别业暮归，遇水仙独步，见其美，微睨之。女请附骥以行。丁喜，载至斋，与同寝处。棂隙可入，始知为狐。女言：『郎勿见疑。妾以君诚笃，故愿托之。』丁嬖之。竟不复娶。

刘归，假贵家广宅，备客燕寝，洒扫光洁，而苦无供帐；隔夜视之，则陈设焕然矣。过数日，果有三十余人，赍旗采酒礼而至，舆马缤纷，填溢阶巷。刘揖翁及丁、胡入客舍，凤仙逆妪及两姨入内寝。八仙曰：『婢子今贵，不怨冰人矣。钏履犹存否？』女搜付之，曰：『履则犹是也，而被千人看破矣。』八仙以履击背，曰：『挞汝寄于刘郎。』乃投诸火，祝曰：『新时如花开，旧时如花谢；珍重不曾着，嫦娥来相借。』水仙亦代祝曰：『曾经笼玉笋，着出万人称；若使姮娥见，应怜太瘦生。』凤仙拨火曰：『夜夜上青天，

一朝去所欢；留得纤纤影，遍与世人看。』遂以灰捻拌中，堆作十余分，望见刘来，托以赠之。但见绣履满柈，悉如故款。八仙急出，推柈堕地；地上犹有一二只存者，又伏吹之，其迹始灭。次日，丁以道远，夫妇先归。八仙贪与妹戏，翁及胡屡督促之，亭午始出，与众俱去。

初来，仪从过盛，观者如市，有两寇窥见丽人，魂魄丧失，因谋劫诸途。侦其离村，尾之而去。相隔不盈一尺，马极奔不能及。至一处，两崖夹道，舆行稍缓；追及之，持刀吼咤，人众都奔。下马启帘，则老妪坐焉。方疑误掠其母；才他顾，而兵伤右臂，顷已被缚。凝视之，崖并非崖，乃平乐城门也；舆中则李进士母，自乡中归耳。一寇后至，亦被断马足而絷之。门丁执送太守，一讯而伏。时有大盗未获，诘之，即其人也。

明春，刘及第。凤仙以招祸，故悉辞内戚之贺。刘亦更不他娶。及为郎

官，纳妾，生二子。

异史氏曰：嗟乎！冷暖之态，仙凡固无殊哉！『少不努力，老大徒伤』。惜无好胜佳人，作镜影悲笑耳。吾愿恒河沙数⑦仙人，并遣娇女婚嫁人间，则贫穷海中，少苦众生矣。

注释 ①平乐：旧县名，在今广西壮族自治区。②富川：旧县名，在今广西平乐县东北。③今夕何夕，见此凉人：写男女相会喜不自禁之情。《诗·唐风·绸缪》：『今夕何夕，见此良人。子兮子兮，如此良人何。』④长舌妇：爱说闲话的女人。《诗·大雅·瞻印》：『妇有长舌，维厉之阶。』笺：『长舌喻多言语』。⑤南阳三葛，君得其龙：此处指刘赤水得到的是皮氏三姊妹中最美的。南阳三葛，指三国时诸葛亮、诸葛瑾、诸葛诞兄弟三人。这兄弟三人有才名，分别仕于蜀、吴、魏。《世说新语·品藻》载：『于时以为：蜀得其龙，吴得其虎，魏得其狗。』南阳，郡名，在今河南省南阳市。⑥真腊：古国名，即今柬埔寨。⑦恒河沙数：形容数量多得无法计算。

爱奴

河间徐生，设教于恩。腊初归，途遇一叟，审视曰：『徐先生撤帐矣。明岁授教何所？』答曰：『仍旧。』叟曰：『敬业姓施。有舍甥延求明师，适托

某至东疃聘吕子廉，渠已受贽稷门。君如苟就[1]，束仪[2]请倍于恩。』徐以成约为辞。叟曰：『信行君子也。然去新岁尚远，敬以黄金一两为贽，暂留教之，明岁另议何如？』徐可之。叟下骑呈礼函，且曰：『敝里不遥矣。宅綦隘，饲畜为艰，请即遣仆马去，散步亦佳。』徐从之，以行李寄叟马上。

行三四里许，日既暮，始抵其宅，沤钉兽环，宛然世家。呼甥出拜，十三四岁童子也。叟曰：『妹夫蒋南川，旧为指挥使。止遗此儿，颇不钝，但娇惯耳。得先生一月善诱，当胜十年。』未几设筵，备极丰美，而行酒下食，皆以婢媪。一婢执壶侍立，年约十五六，风致韵绝，心窃动之。席既终，叟命安置床寝，始辞而去。

天未明，儿出就学。徐方起，即有婢来捧巾侍盥，即执壶人也。日给三餐悉此婢，至夕又来扫榻。徐问：『何无僮仆？』婢笑不言，布衾径去。次夕复至。入以游语，婢笑不拒，遂与狎。因告曰：『吾家并无男子，外事则托施舅。妾名爱奴。夫人雅敬先生，恐诸婢不洁，故以妾来。今日但须缄密，恐发觉，两无颜也。』一夜共寝忘晓，为公子所遣，徐惭怍不自安。至夕婢来曰：『幸夫人重君，不然败矣！公子入告，夫人急掩其口，若恐君闻。但戒妾勿得久留斋馆而已。』言已遂去。徐甚德之。

然公子不善读，诃责之，则夫人辄为缓颊。初犹遣婢传言；渐亲出，隔

爱奴

岁阑执贽在门墙，一月薰陶十载强。他日相逢聊报德，盼将诗婢伴帷房。

户与先生语，往往零涕。顾每晚必问公子日课③。徐颇不耐，作色曰：『既从儿懒，又责儿工，此等师我不惯作！请辞。』夫人遣婢谢过，徐乃止。自入馆以来，每欲一出登眺，辄锢闭之。一日醉中怏闷，呼婢问故。婢言：『无他，恐废学耳。如必欲出，但请以夜。』徐怒曰：『受人数金，便当淹禁死耶！教我夜窜何之乎？久以素食为耻，贽固犹在囊耳。』遂出金置几上，治装欲行。夫人出，脉脉不语，惟掩袂哽咽，使婢返金，启钥送之。徐觉门户逼侧；走数步，目光射入，则身自陷冢中出，四望荒凉，一古墓也。大骇。然心感其义，乃卖所赐金，封堆植树而去。

过岁复经其处，展拜而行。遥见施叟，笑致温凉，邀之殷切。心知其鬼，而欲一问夫人起居，遂相将入村，沽酒共酌。不觉日暮，叟起偿酒价，便言：『寒舍不远，舍妹亦适归宁，望移玉趾，为老夫祓除不祥④。』出村数武，又一里落，叩扉入，秉烛向客。俄，蒋夫人自内出，始审视之，盖四十许丽人也。拜谢曰：『式微之族，门户零落，先生泽及枯骨，真无计可以偿之。』言已泣下。既而呼爱奴，向徐曰：『此婢，妾所怜爱，今以相赠，聊慰客中寂寞。凡有所须，渠亦略能解意。』徐唯唯。少间兄妹俱去，婢留侍寝。鸡初鸣，叟即来促装送行；夫人亦出，嘱婢善事先生。又谓徐曰：『从此尤宜谨秘，彼此遭逢诡异，恐好事者造言也。』徐诺而别，与婢共骑。至馆独处一室，与同栖止。或客至，婢不避，人亦不之见也。偶有所欲，意一萌而婢已致之。又善巫，一挼挲而疴立愈。清明归，至墓所，婢辞而下。徐嘱代谢夫人。曰：『诺。』遂没。数日返，方拟展墓，见婢华妆坐树下，因与俱发。终岁往还，如此为常。欲携同归，执不可。岁杪辞馆归，相订后期。婢送至前坐处，指石堆曰：『此妾墓也。夫人未出阁时，便从服役，夭殂瘗此。如再过以炷香相

吊，当得复会。』

别归，怀思颇苦，敬往祝之，殊无影响。乃市榇发冢，意将载骨归葬，以寄恋慕。穴开自入，则见颜色如生。肤虽未朽，衣败若灰；头上玉饰金钏都如新制。又视腰间，裹黄金数铤，卷怀之。始解袍覆尸，抱入材内，赁舆载归；停诸别第，饰以绣裳，独宿其旁，冀有灵应。忽爱奴自外入，笑曰：『劫坟贼在此耶！』徐惊喜慰问。婢曰：『向从夫人往东昌，三日既归，则舍宇已空。频蒙相邀，所以不肯相从者，以少受夫人重恩，不忍离逖耳。今既劫我来，即速瘗葬便见厚德。』徐问：『有百年复生者，今芳体如故，何不效之？』叹曰：『此有定数。世传灵迹，半涉幻妄。要欲复起动履，亦复何难？但不能类生人，故不必也。』乃启棺入，尸即自起，亭亭可爱。探其怀，则冷若冰雪。遂将入棺复卧，徐强止之，婢曰：『妾过蒙夫人宠，主人自异域来，得黄金数万，妾窃取之，亦不甚追问。后濒危，又无戚属，遂藏以自殉。夫人痛妾夭谢，又以宝饰入殓。身所以不朽者，不过得金宝之余气耳。若在人世，岂能久乎？必欲如此，切勿强以饮食；若使灵气一散，则游魂亦消矣。』徐乃构精舍，与共寝处。笑语一如常人；但不食不息，不见生人。年余徐饮薄醉，执残沥[5]强灌之，立刻倒地，口中血水流溢，终日而尸已变。哀悔无及，厚葬之。

异史氏曰：夫人教子，无异人世，而所以待师者何厚也！不亦贤乎！余谓艳尸不如雅鬼，乃以措大之俗莽，致灵物不享其长年，惜哉！

章丘朱生，索刚鲠，设帐于某贡士家。每谴弟子，内辄遣婢为乞免，不听。一日，亲诣窗外，与朱关说。朱怒，执界方，大骂而出。妇惧而奔；朱追之，自后横市臀股，锵然作皮肉声。令人笑绝！

长山某，每延师，必以一年束金，合终岁之虚盈，计每日得如干数；又以师离斋、归斋之日，详记为籍，岁终，则公同按日而乘除之。马生馆其家，初见操珠盘⑥来，得故甚骇；既而暗生一术，反嗔为喜，听其复算不少校。翁大悦，坚订来岁之约。马辞以故。遂荐一生乖谬者自代。及就馆，动辄诟骂，翁无奈，悉含忍之。岁杪携珠盘至，生勃然忿极，姑听其算。翁又以途中日尽归于两，生不受，拨珠归东⑦。两争不决，操戈相向，两人破头烂额而赴公庭焉。

注释 ①苟就：屈就，敬辞。②束仪：束脩。旧时亲友之间互相赠献的礼物，后专指学生向老师致送的酬金。③日课：每天按照规定所学的课业。④祓除不祥：古时在年初时为了除灾求福所举行的一种祭仪。⑤残沥：剩酒。沥，清酒。⑥珠盘：算盘。⑦东：东家，旧时塾师对主人的称呼。

小梅

蒙阴①王慕贞，世家子也。偶游江浙，见媪哭于途，诘之。言：「先夫止遗一子，今犯死刑，谁有能出之者？」王素慷慨，志其姓名，出橐南中金为之斡旋②，竟释其罪。

其人出，闻王之救已也，茫然不解其故；访诣旅邸，感泣谢问。王曰：「无他，怜汝母老耳。」其人大骇曰：「母故已久。」王亦异之。抵暮媪来申谢，王咎其谬诬，媪曰：「实相告：我东山老狐也。二十年前，曾与儿父有一夕之好，故不忍其鬼之馁也。」王悚然起敬，再欲诘之，已杳。

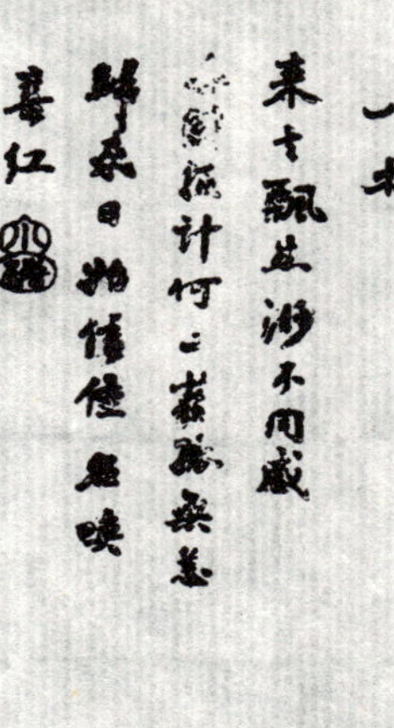

先是，王妻贤而好佛，不茹荤酒，治洁室，悬观音像，以无子，日日焚祷其中。而神又最灵，辄示梦，教人趋避，以故家中事皆取决焉。后有疾綦笃，移榻其中；又别设锦裀于内室而扃其户，若有所伺。王以为惑，而以其疾势昏瞀，不忍伤之。卧病二年，恶嚣，常屏人独寝。潜听之似与人语，启门视之又寂然。病中他无所虑，有女十四岁，惟日催治装遣嫁。既醮，呼王至榻前，执手曰：『今诀矣！初病时，菩萨告我，命当速死；念不了者，幼女未嫁，因赐少药，俾延息以待。去岁，菩萨将回南海，留案前侍女小梅，为妾服役。今将死，薄命人又无所出。保儿，专所怜爱，恐娶悍怒之妇，令其子母失所。小梅姿容秀美，又温淑，即以为继室可也。』盖王有妾生一子，名保儿。王以其言荒唐，曰：『卿素敬者神，今出此言，不已亵乎？』答云：『小梅事我年余，相忘形骸，我已婉求之矣。』问：『小梅何处？』曰：『室中非耶？』方欲再诘，闭目已逝。

王夜守灵帏[3]，闻室中隐隐啜泣，大骇，疑为鬼。唤诸婢妾启钥视之，则二八丽者缞服在室。众以为神，共罗拜之，女敛涕扶掖。王凝注之，俯首而已。王曰：『如果亡室之言非妄，请即上堂，受儿女朝谒；如其不可，仆亦不敢妄想，以取罪过。』女腼然出，竟登北堂，王使婢为设坐南向，王先拜，女亦答拜；下而长幼卑贱，以次伏叩，女庄容坐受，惟妾至则挽之。自夫人卧病，婢惰奴偷，家久替。众参已，肃肃列侍。女曰：『我感夫人盛意，羁留人间，又以大事相委，汝辈宜各洗心，为主效力，从前愆尤，悉不计校。不然，莫谓室无人也！』共视座上，真如悬观音图像，时被微风吹动。闻言悚惕，哄然并诺。女乃排拨丧务，一切井井，由是大小无敢懈者。女终日经纪内外，王将有作，亦禀白而行；然虽一夕数见，并不交一私语。

既殡，王欲申前约，不敢径告，嘱妾微示意。女曰：『妾受夫人谆嘱，义不容辞；但匹配大礼，不得草草。年伯黄先生位尊德重，求使主秦晋之盟④，则惟命是听。』时沂水黄太仆致仕闲居，于王为父执⑤，往来最善。王即亲诣，以实告。黄奇之，即与同来。女闻，即出展拜。黄一见，惊为天人，逊谢不敢当礼；既而助妆优厚，成礼乃去。女馈遗枕履，若奉舅姑，由此交益亲。

合卺后，王终以神故，亵中带肃，时研诘菩萨起居。女笑曰：『君亦太愚，焉有正直之神⑥，而下婚尘世者？』王力审所自。女曰：『不必研穷，既以为神，朝夕供养，自无殃咎。』女御下常宽，非笑不语；然婢贱戏狎时，遥见之，则默默无声。女笑谕曰：『岂尔辈尚以我为神耶？我何神哉！实为夫人姨妹，少相交好；姊病见思，阴使南村王姥招我来。第以日近姊夫，有男女之嫌，故托为神道，闭内室中，其实何神！』众犹不信。而日侍边傍，见其举动，不少异于常人，浮言渐息。然即顽奴钝婢，王素挞楚所不能化者，女一言无不乐于奉命。皆云：『并不自知。实非畏之；但睹其貌，则心自柔，故不忍拂其意耳。』以此百废具举。数年中，田地连阡，仓廪万石矣。

又数年，妾产一女。女生一子——子生，左臂有朱点，因字小红。弥月⑦，女使王盛筵招黄。黄贺仪丰渥，但辞以耄，不能远涉；女遣两媪强邀之，黄始至。抱儿出，袒其左臂，以示命名之意。又再三问其吉凶。黄笑曰：『此喜红也，可增一字，名喜红。』女大悦，更出展叩。是日，鼓乐充庭，贵戚如市。

黄留三日始去。忽门外有舆马来，逆女归宁。向十余年，并无瓜葛，共议之，而女若不闻。理妆竟，抱子于怀，要王相送，王从之。至二三十里许，寂无行人，女停舆，呼王下骑，屏人与语，曰：『王郎王郎，会短离长，谓可悲

《左传·庄公三十一年》：史嚚曰：神，聪明正直而壹者也。

否？』王惊问故，女曰：『君谓妾何人也？』答曰：『不知。』女曰：『江南拯一死罪，有之乎？』曰：『有。』曰：『哭于路者吾母也，感义而思所报。乃因夫人好佛，附为神道，实将以妾报君也。今幸生此襁褓物，此愿已慰。妾视君晦运将来，此儿在家，恐不能育，故借归宁，解儿危难。君记取家有死口时，当于晨鸡初唱，诣西河柳堤上，见有挑葵花灯来者，遮道苦求，可免灾难。』王曰：『诺。』因讯归期，女云：『不可预定。要当牢记吾言，后会亦不远也。』临别，执手怆然交涕。俄登舆，疾若风。王望之不见，始返。

经六七年，绝无音问。忽四乡瘟疫流行，死者甚众，一婢病三日死，王念曩嘱，颇以关心。是日与客饮，大醉而睡。既醒闻鸡鸣，急起至堤头，见灯光闪烁，适已过去。急追之，止隔百步许，愈追愈远，渐不可见，懊恨而返。数日暴病，寻卒。

王族多无赖，共凭陵其孤寡，田禾树木，公然伐取，家日陵替。逾岁，保儿又殇，一家更无所主。族人益横，割裂田产，厩中牛马俱空；又欲瓜分第宅。以妾居故，遂将数人来，强夺鬻之。妾恋幼女，母子环泣，惨动邻里。方危难间，俄闻门外有肩舆入，共觇，则女引小郎自车中出。四顾人纷如市，问：『此何人？』妾哭诉其由。女颜色惨变，便唤从来仆投，关门下钥。众欲抗拒，而手足若痿。女令一一收缚，系诸廊柱，日与薄粥三瓯。即遣老仆奔告黄公，然后入室哀泣。泣已，谓妾曰：『此天数也。已期前月来，适以母病耽延，遂至于今。不谓转盼间已成丘墟！』问旧时婢媪，则皆被族人掠去，又益欷歔。越日，婢仆闻女至，皆自遁归，相见无不流涕。所絷族人，共噪儿非慕贞体胤，女亦不置辩。既而黄公至，女引儿出迎。黄握儿臂，便捋左袂，见朱记宛然，因袒示众人以证其确。乃细审失物，登簿记名，亲诣邑令。令拘无赖

《左传·僖公二十四年》：窃人之财，犹谓之盗；而况贪天之功以为己力乎？

辈，各笞四十，械禁严追；不数日，田地马牛悉归故主。黄将归，女引儿泣拜曰：『妾非世间人，叔父所知也。今以此子委叔父矣。』黄曰：『老夫一息尚在，无不为区处⑧。』黄去，女盘查就绪，托儿于妾，乃具馔为夫祭扫，半日不返。视之，则杯馔犹陈，而人杳矣。

异史氏曰：不绝人嗣者，人亦不绝其嗣，此人也而实天也。至座有良朋，车裘可共，迨宿莽既滋，妻子陵夷，则车中人望望然去之矣。死友而不忘，感恩而思所报，独何人哉！狐乎！倘尔多财，吾为尔宰⑨。

注释 ①蒙阴：县名，在今山东省蒙阴县。②斡旋：扭转，从中调解。③灵帏：遮隔灵床的帐幔。④秦晋之盟：春秋时秦晋两国世代通婚，后因以「秦晋」称两姓联姻之好。⑤父执：父亲的挚友。泛指父辈至交。⑥正直之神：古人认为神仙聪明正直，且始终如一。《左传·庄公三十一年》：「史嚣曰：神，聪明正直而壹者也。」⑦弥月：指婴儿出生满月之庆。⑧区处：安排料理。⑨宰：管家。

张鸿渐

张鸿渐，永平①人。年十八为郡名士。时卢龙令赵某贪暴，人民共苦之。有范生被杖毙，同学忿其冤，将鸣部院，求张为刀笔之词②，约其共事。张许之。妻方氏美而贤，闻其谋，谏曰：『大凡秀才作事，可以共胜，而不可以共败：胜则人人贪天功③，一败则纷然瓦解，不能成聚。今势力世界，曲直难以理定；君又孤，脱有翻覆，急难④者谁也！』张服其言，悔之，乃宛谢诸

生，但为创词而去。

质审一过，无所可否。赵以巨金纳大僚，诸生坐结党被收，又追捉刀人⑤。张惧亡去，至凤翔界，资斧断绝。日既暮，踟蹰旷野，无所归宿。欻睹小村，趋之。老妪方出阖扉，见生，问所欲为。张以实告，妪曰：『饮食床榻，此都细事；但家无男子，不便留客。』张曰：『仆亦不敢过望，但容寄宿门内，得避虎狼足矣。』妪乃令入，闭门，授以草荐，嘱曰：『我怜客无归，私容止宿，未明宜早去，恐吾家小娘子闻知，将便怪罪。』

妪去，张倚壁假寐。忽有笼灯晃耀，见妪导一女郎出。张急避暗处，微窥之，二十许丽人也。及门见草荐，诘妪。妪实告之，女怒曰：『一门细弱，何得容纳罪人！』即问：『其人焉往？』张惧出伏阶下。女审诘邦族，色稍霁，曰：『幸是风雅士，不妨相留。然老奴竟不关白，此等草草，岂所以待君子。』命妪引客入舍。俄顷罗酒浆，品物精洁；既而设锦裀于榻。张甚德之。因私询其姓氏。妪曰：『吾家施氏，太翁夫人俱谢世，止遗三女。适所见长姑舜华也。』妪去。张视几上有《南华经注》，因取就枕上伏榻翻阅，忽舜华推扉入。张释卷，搜觅冠履。女即榻捺坐曰：『无须，无须！』因近榻坐，腆然曰：『妾以君风流才士，欲以门户相托，遂犯瓜李之嫌⑥。得不相遐弃否？』张皇然不知所对，但云：『不相诳，小生家中固有妻耳。』女笑曰：『此亦见君诚笃，顾亦不妨。既不嫌憎，明日当烦媒妁。』言已欲去。张探身挽之，女亦遂留。未曙即起，以金赠张曰：『君持作临眺之资；向暮宜晚来。恐旁人所窥。』张如其言，早出晏归，半年以为常。

一日归颇早，至其处，村舍全无，不胜惊怪。方徘徊间，闻妪云：『来何早也！』一转盼间，则院落如故，身固已在室中矣，益异之。舜华自内出，笑

《世说新语·容止》：魏武将见匈奴使，自以形陋不足雄远国，使崔季珪代，帝自捉刀立床头。

古乐府《君子行》：君子防未然，不处嫌疑间，瓜田不纳履，李下不整冠。

曰：『君疑妾耶？实对君言：妾，狐仙也，与君固有夙缘。如必见怪，请即别。』张恋其美，亦安之。夜谓女曰：『卿既仙人，当千里一息耳。小生离家三年，念妻孥不去心，能携我一归乎？』女似不悦，曰：『琴瑟之情，妾自分于君为笃；君守此念彼，是相对绸缪者皆妄也！』张谢曰：『卿何出此言。谚云：「一日夫妻，百日恩义。」后日归念卿时，亦犹今日之念彼也。设得新忘故，卿何取焉？』女乃笑曰：『妾有褊心，于妾愿君之不忘，于人愿君之忘之也。然欲暂归，此复何难：君家咫尺耳。』遂把袂出门，见道路昏暗，张逡巡不前。女曳之走，无几时，曰：『至矣。君归，妾且去。』张停足细认，果见家门。逾垝垣入，见室中灯火犹荧，近以两指弹扉，内问为谁，张具道所来。内秉烛启关，真方氏也。两相惊喜。握手入帷。见儿卧床上，慨然曰：『我去时儿才及膝，今身长如许矣！』夫妇依倚，恍如梦寐。张历述所遭。问及讼狱，始知诸生有瘐死者，有远徙者，益服妻之远见。方纵体入怀，曰：『君有佳偶，想不复念孤衾中有零涕人矣！』张曰：『不念，胡以来也？我与彼虽云情好，终非同类；独其恩义难忘耳。』方曰：『君以我何人也？』张审视竟非方氏，乃舜华也。以手探儿，一竹夫人[7]耳。大惭无语。女曰：『君心可知矣！分当自此绝矣，犹幸未忘恩义，差足自赎。』

过二三日，忽曰：『妾思痴情恋人，终无意味。君日怨我不相送，今适欲至都，便道可以同去。』乃向床头取竹夫人共跨之，令闭两眸，觉离地不远，风声飕飕。移时寻落，女曰：『从此别矣。』方将订嘱，女去已渺。怅立少时，闻村犬鸣吠，苍茫中见树木屋庐，皆故里景物，循途而归。逾垣叩户，宛若前状。方氏惊起，不信夫归；诘证确实，始挑灯呜咽而出。既相见，涕不可仰。张犹疑舜华之幻弄也；又见床卧一儿如昨夕，因笑曰：『竹夫人又携入耶？』

方氏不解，变色曰：『妾望君如岁，枕上啼痕固在也。甫能相见，全无悲恋之情，何以为心矣！』张察其情真，始执臂欷歔，具言其详。问讼案所结，并如舜华言。方相感慨，闻门外有履声，问之不应。盖里中有恶少甲，久窥方艳，是夜自别村归，遥见一人逾垣去，谓必赴淫约者，尾之入。甲故不甚识张，但伏听之。及方氏亟问，乃曰：『室中何人也？』方讳言：『无之。』甲言：『窃听已久，敬将以执奸也。』方不得已以实告，甲曰：『张鸿渐大案未消，即使归家，亦当缚送官府。』方苦哀之，甲词益狎逼。张忿火中烧，把刀直出，剁甲中颅。甲踣犹号，又连剁之，遂死。方曰：『事已至此，罪益加重。君速逃，妾请任其辜。』张曰：『丈夫死则死耳，焉肯辱妻累子以求活耶！卿无顾虑，但令此子勿断书香⑧，目即瞑矣。』

天明，赴县自首。赵以钦案中人，姑薄惩之。寻由郡解都，械禁颇苦。途

中遇女子跨马过，一老妪捉缰，盖舜华也。张呼妪欲语，泪随声堕。女返辔，手启障纱，讶曰：『表兄也，何至此？』张略述之。女曰：『依兄平昔，便当掉头不顾，然予不忍也。寒舍不远，即邀公役同临，亦可少助资斧。』从去二三里，见一山村，楼阁高整。女下马入，令妪启舍延客。既而酒炙丰美，似所夙备。又使妪出曰：『家中适无男子，张官人即向公役多劝数觞，前途倚赖多矣。遣人措办数十金为官人作费，兼酬两客，尚未至也。』二役窃喜，纵饮，不复言行。日渐暮，二役径醉矣。女出以手指械，械立脱。曳张共跨一马，驶如龙。少时促下，曰：『君止此。妾与妹有青海之约，又为君逗留一晌，久劳盼注矣。』张问：『后会何时？』女不答，再问之，推堕马下而去。

既晓问其地，太原也。遂至郡，赁屋授徒焉。托名宫子迁。居十年，访知捕亡寝怠，乃复逡巡东向。既近里门，不敢遽入，俟夜深而后入。及门，则墙

垣高固，不复可越，只得以鞭挝门。久之妻始出问，张低语之。喜极纳入，作呵叱声，曰：『都中少用度，即当早归，何得遣汝半夜来？』入室，各道情事，始知二役逃亡未返。言次，帘外一少妇频来，张问伊谁，曰：『儿妇耳。』问：『儿安在？』曰：『赴郡大比未归。』张涕下曰：『流离数年，儿已成立，不谓能继书香，卿心血殆尽矣！』话未已，子妇已温酒炊饭，罗列满几。张喜慰过望。居数日，隐匿屋榻，惟恐人知。一夜，方卧，忽闻人语腾沸，捶门甚厉。大惧，并起。闻人言曰：『有后门否？』益惧，急以门扇代梯，送张夜度垣而出，然后诣门问故，乃报新贵者也。方大喜，深悔张遁，不可追挽。

张是夜越莽穿榛，急不择途，及明困殆已极。初念本欲向西，问之途人，则去京都通衢不远矣。遂入乡村，意将质衣而食。见一高门，有报条粘壁上，近视知为许姓，新孝廉也。顷之，一翁自内出，张迎揖而告以情。翁见仪容都

雅，知非赚食者，延入相款。因诘所往，张托言：『设帐都门，归途遇寇。』翁留诲其少子。张略问官阀，乃京堂林下者；孝廉其犹子也。月余，孝廉偕一同榜归，云是永平张姓，十八九少年也。张以乡谱俱同，暗中疑是其子；然邑中此姓良多，姑默之。至晚解装，出『齿录⑨』，急借披读，真子也。不觉泪下。共惊问之，乃指名曰：『张鸿渐，即我是也。』备言其由。张孝廉抱父大哭。许叔侄慰劝，始收悲以喜。许即以金帛函字，致告宪台，父子乃同归。

方自闻报，日以张在亡为悲；忽白孝廉归，感伤益痛。少时父子并入，骇如天降，询知其故，始共悲喜。甲父见其子贵，祸心不敢复萌。张益厚遇之，又历述当年情状，甲父感愧，遂相交好。

注释 ①永平：旧府名，在今河北省的卢龙县。②为刀笔之词：写讼状。刀笔，古时称主办文案的官吏为刀笔吏；后世也用以称讼师。③贪天功：喻指将他人的功劳占为己有。《左传·信公二十四年》：『窃人之财，犹谓之盗；而况贡天之功以为己力乎？』④急难：急人之难。此处指兄弟相助。《诗·小雅·常棣》：『兄弟

急难。』⑤捉刀人：《世说新语·容止》：『魏武将见匈奴使，自以形陋不足雄远国，使崔令洼代，帝自捉刀立床头。』捉刀，握刀，后人用以称代人作文者。⑥瓜李之嫌：此谓私下相会，处身嫌疑。古乐府《君子行》：『君子防未然，不处嫌疑间，瓜田不纳履，李下不整冠。』⑦竹夫人：夏天时放在床上的取凉用具，竹制，圆柱形，中空，周围有孔洞，可以通风。⑧勿断书香：意谓子承父业，读书上进。书香，此处指读书的家风。⑨齿录：也称『同年录』。科举考试取中者同年序齿，年长者居前，年少者居后，姓名为纲，附载姓名、生辰、籍贯、中试名次等。

折狱

邑之西崖庄，有贾某被人杀于途，隔夜其妻亦自经死。贾弟鸣于官，时浙江费公祎祉①令淄，亲诣验之。见布袱裹银五钱余，尚在腰中，知非为财也者。拘两村邻保②审质一过，殊少端绪，并未搒掠，释散归农，但命地约细察，十日一关白而已，逾半年事渐懈。贾弟怨公仁柔，上堂屡聒。公怒曰：『汝既不能指名，欲我以桎梏加良民耶！』呵逐而出。贾弟无所伸诉，愤葬兄嫂。

折獄

喜拾遺釵不為財一宵婬念殺

櫬間不遂銀袱非無意留

待他時出首來

一日以逋赋故逮数人至，内一人周成惧责，上言钱粮措办已足，即于腰中出银袱，禀公验视。验已，便问：『汝家何里？』答云：『某村。』又问：『去西崖几里？』答云：『五六里。』『去年被杀贾某，系汝何人？』答曰：『不识其人。』公勃然曰：『汝杀之，尚云不识耶！』周力辩不听，严梏之，果伏其罪。先是，贾妻王氏，将诣姻家，惭无钗饰，聒夫使假于邻。夫不肯；妻自假之，颇甚珍重。归途卸而裹诸

《周礼·地官·遂人》：五家为邻，五邻为里。又《周礼·地官·大司徒》：令五家为比，使之相保。

袱，内袖中；既至家，探之已亡。不敢告夫，又无力偿邻，懊恼欲死。是日周适拾之，知为贾妻所遗，窥贾他出，半夜逾垣，将执以求合。时溽暑，王氏卧庭中，周潜就淫之。王氏觉大号。周急止之，留袱纳钗。事已，妇嘱曰：『后勿来，吾家男子恶，犯恐俱死！』周怒曰：『我挟勾栏数宿之资，宁一度可偿耶？』妇慰之曰：『我非不愿相交，渠常善病，不如从容以待其死。』周乃去，于是杀贾，夜诣妇曰：『今某已被人杀，请如所约。』妇闻大哭，周惧而逃，天明则妇死矣。

公廉得情，以周抵罪。共服其神，而不知所以能察之故。公曰：『事无难辨，要在随处留心耳。初验尸时，见银袱刺万字文，周袱亦然，是出一手也。及诘之，又云无旧，词貌诡变，是以确知其真凶也。』

异史氏曰：世之折狱者，非悠悠置之③，则缧系数十人而狼藉之耳。堂上肉鼓吹，喧阗旁午，遂颦蹙曰：「我劳心民事也。」云板三敲，则声色并进，难决之词，不复置念，专待升堂时，祸桑树以烹老龟耳。呜呼！民情何由得哉！余每曰：『智者不必仁，而仁者则必智；盖用心苦则机关出也。』『随在留心』之言，可以教天下之宰民社者矣。

邑人胡成，与冯安同里，世有隙。胡父子强，冯屈意交欢，胡终猜之。一日共饮薄醉，颇倾肝胆。胡大言：『勿忧贫，百金之产不难致也。』冯以其家不丰，故嗤之。胡正色曰：『实相告：昨途遇大商，载厚装来，我颠越于南山眢井中矣。』冯又笑之。时胡有妹夫郑伦，托为说合田产，寄数百金于胡家，遂尽出以炫冯。冯信之。既散，阴以状报邑。公拘胡对勘，胡言其实，问郑及产主皆不讹。乃共验诸眢井。一役缒下，则果有无首之尸在焉。胡大骇，莫可置辩，但称冤苦。公怒，击喙数十，曰：『确有证据，尚叫屈耶！』以死囚具

禁制之。尸戒勿出，惟晓示诸村，使尸主投状。

逾日有妇人抱状，自言为亡者妻，言：『夫何甲，揭数百金作贸易，被胡杀死。』公曰：『井有死人，恐未必即是汝夫。』妇执言甚坚。公乃命出尸于井，视之果不妄。妇不敢近，却立而号。公曰：『真犯已得，但骸躯未全。汝暂归，待得死者首，即招报令其抵偿。』遂自狱中唤胡出，呵曰：『明日不将头至，当械折股④！』押去终日而返，诘之，但有号泣。乃以梏具置前作刑势，却又不刑，曰：『想汝当夜扛尸忙迫，不知坠落何处，奈何不细寻之？』胡哀祈容急觅。公乃问妇：『子女几何？』答曰：『无。』问：『甲有何戚属？』『但有堂叔一人。』慨然曰：『少年丧夫，伶仃如此，其何以为生矣！』妇乃哭，叩求怜悯。公曰：『杀人之罪已定，但得全尸，此案即结；结案后速醮可也。汝少妇勿复出入公门。』妇感泣，叩头而下。公即票示里人，代觅其首。

经宿，即有同村王五，报称已获。问验既明，赏以千钱。唤甲叔至，曰：『大案已成；然人命重大，非积岁不能成结。侄既无出，少妇亦难存活，早令适人。此后亦无他务，但有上台检驳，止须汝应声耳。』甲叔不肯，飞两签下；再辩，又一签下。甲叔惧，应之而出。妇闻，诣谢公恩。公极意慰谕之。又谕：『有买妇者，当堂关白。』既下，即有投婚状者，盖即报人头之王五也。公唤妇上，曰：『杀人之真犯，汝知之乎？』答曰：『胡成。』公曰：『非也。汝与王五乃真犯耳。』二人大骇，力辩冤枉。公曰：『我久知其情，所以迟迟而发者，恐有万一之屈耳。尸未出井，何以确信为汝夫？盖先知其死矣。且甲死犹衣败絮，数百金何所自来？』又谓王五曰：『头之所在，汝何知之熟也！所以如此其急者，意在速合耳。』两人惊颜如土，不能强置一词。并械

之，果吐其实。盖王五与妇私已久，谋杀其夫，而适值胡成之戏也。乃释胡。冯以诬告，重笞，徒三年。事结，并未妄刑一人。

注释 ①费公祎祉：费祎祉，字支峤，进士，浙江鄞县人，顺治年间曾任淄川县令。②邻保：邻居、近邻。《周礼·地官·遂人》：「五家为邻，五邻为里。」又《周礼·地官·大司徒》：「令五家为比，使之相保。」③悠悠置之：谓长期搁置，不管不问。悠悠，安闲自在，此谓漫不经心。④械折股：夹断你的腿。械，刑具，此指处夹棍之类的刑具。

云萝公主

安大业，卢龙①人。生而能言，母饮以犬血始止。既长，韶秀，顾影无俦②，慧而能读。世家争婚之。母梦曰：『儿当尚主③。』信之。至十五六迄无验，亦渐自悔。

一日安独坐，忽闻异香。俄一美婢奔入。曰：『公主至。』即以长毡贴地，自门外直至榻前。方骇疑间，一女郎扶婢肩入；服色容光，映照四堵。婢即以绣垫设榻上，扶女郎坐。安仓皇不知所为，鞠躬便问：『何处神仙，劳降玉趾？』女郎微笑，以袍袖掩口。婢曰：『此圣后府中云萝公主也。圣后属意郎君，欲以公主下嫁，故使自来相宅④。』安惊喜不知置词，女亦俯首，相对寂然。

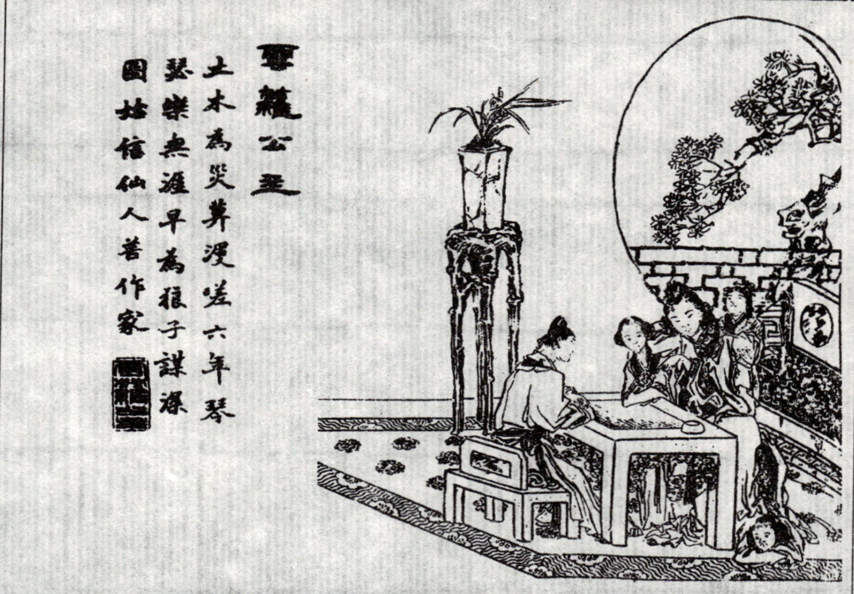

安故好棋，楸枰⑤尝置坐侧。一婢以红巾拂尘，移诸案上，曰：『主日耽此，不知与粉侯⑥孰胜？』安移坐近案，主笑从之。甫三十余着，婢竟乱之，

《史记·李斯列传》：诸男皆尚秦公主。《集解》引韦昭曰：尚，奉也，不敢言娶。

《尚书·召诰》：成王在丰，欲宅洛邑，使召公先相宅。

雲蘿公主

土木為災異漫嗟 六年琴瑟樂無涯 早為狠子謀深圖 姑信仙人善作家

曰：『驸马[7]负矣！』敛子入盒，曰：『驸马当是俗间高手，主仅能让六子。』乃以六黑子实局中，主亦从之。主坐次，辄使婢伏座下，以背受足；左足踏地，则更一婢右伏。又两小鬟夹侍之；每值安凝思时，辄曲一肘伏肩上。局阑未结，小鬟笑云：『驸马负一子。』进曰：『主惰，宜且退。』女乃倾身与婢耳语。

婢出，少顷而还，以千金置榻上，告生曰：『适主言居宅湫隘，烦以此少致修饰，落成相会也。』一婢曰：『此月犯天刑，不宜建造；月后吉。』女起；生遮止，闭门。婢出一物，状类皮排，就地鼓之；云气突出，俄顷四合，冥不见物，索之已杳。

母知之，疑以为妖。而生神驰梦想，不能复舍。急于落成，无暇禁忌；刻日敦迫，廊舍一新。

先是，有滦州生袁大用，侨寓邻坊，投刺于门；生素寡交，托他出，又窥其亡而报之。后月余，门外适相值，二十许少年也。宫绢单衣，丝履乌带，意甚都雅。略与顷谈，颇甚温谨。喜，揖而入。请与对弈，互有赢亏。已而设席流连，谈笑大欢。明日邀生至其寓所，珍肴杂进，相待殷渥。有小僮十二三许，拍板清歌，又跳掷作剧。生大醉不能行，便令负之，生以其纤弱恐不胜，袁强之。僮绰有余力，荷送而归。生奇之。明日犒以金，再辞乃受。由此交情款密，三数日辄一过从。袁为人简默，而慷慨好施。市有负债鬻女者，解囊代赎，无吝色。生以此益重之。过数日，诣生作别，赠象箸、楠珠等十余事，白金五百，用助兴作。生反金受物，报以束帛。

后月余，乐亭有仕宦而归者，橐资充牣。盗夜入，执主人，烧铁钳灼，劫掠一空。家人识袁，行牒追捕。邻院屠氏，与生家积不相能，因其土木大兴，

阴怀疑忌。适有小仆窃象箸，卖诸其家，知袁所赠，因报大尹。尹以兵绕舍，值生主仆他出，执母而去。母衰迈受惊，仅存气息，二三日不复饮食。尹释之。生闻母耗，急奔而归，则母病已笃，越宿遂卒。收殓甫毕，为捕役执去。尹见其少年温文，窃疑诬枉，故恐喝之。生实述其交往之由。尹问：『其何以暴富？』生曰：『母有藏镪，因欲亲迎，故治昏室耳。』尹信之，具牒解郡。邻人知其无事，以重金赂监者，使杀诸途。路经深山，被曳近削壁，将推堕。计逼情危，时方急难，忽一虎自丛莽中出，啮二役皆死，衔生去。至一处，重楼叠阁，虎入，置之。见云萝扶婢出，凄然慰吊：『妾欲留君，但母丧未卜窀穸。可怀牒去，到郡自投，保无恙也。』因取生胸前带，连结十余扣，嘱云：『见官时，拈此结而解之，可以弭祸。』生如其教，诣郡自投。太守喜其诚信，又稽牒知其冤，销名令归。

至中途，遇袁，下骑执手，备言情况。袁愤然作色，默然无语。生曰：『以君风采，何自污也？』袁曰：『某所杀皆不义之人，所取皆非义之财。不然，即遗于路者不拾也。君教我固自佳，然如君家邻，岂可留在人间耶！』言已超乘而去。生归，殡母已，杜门谢客。忽一日盗入邻家，父子十余口尽行杀戮，止留一婢。席卷资物，与僮分携之。临去，执灯谓婢：『汝认明：杀人者我也，与人无涉。』并不启关，飞檐越壁而去。明日告官。疑生知情，又捉生去。邑宰词色甚厉，生上堂握带，且辨且解。宰不能诘，又释之。既归，益自韬晦，读书不出，一跛妪执炊而已。服既阕，日扫阶庭，以待好音。一日异香满院。登阁视之，内外陈设焕然矣。悄揭画帘，则公主凝妆坐，急拜之。女挽手曰：『君不信数，遂使土木为灾；又以苦块之戚，迟我三年琴瑟：是急之而反以得缓，天下事大抵然也。』生将出资治具。女曰：『勿复须。』婢探

《赵飞燕外传》：赵飞燕『家有彭祖分脉之书，善行气术，而纤便轻细，举之翩然，人谓之飞燕。』

椟，有肴羹热如新出于鼎，酒亦芳烈。酌移时，日已投暮，足下所踏婢，渐都亡去。女四肢娇惰，足股屈伸，似无所着。生狎抱之。女曰：『君暂释手。今有两道，请君择之。』生揽项问故，曰：『若为棋酒之交，可得三十年聚首；若作床第之欢，可六年谐合耳。君焉取？』生曰：『六年后再商之。』女乃默然，遂相燕好。

女曰：『妾固知君不免俗道，此亦数也。』因使生蓄婢媪，别居南院，炊爨纺织以作生计。北院中并无烟火，惟棋枰、酒具而已。户常阖，生推之则自开，他人不得入也。然南院人作事勤惰，女辄知之，每使生往谴责，无不具服。女无繁言，无响笑，与有所谈，但俯首微哂。每骈肩坐，喜斜倚人。生举而加诸膝，轻如抱婴。生曰：『卿轻若此，可作掌上舞⑧。』曰：『此何难！但婢子之为，所不屑耳。飞燕原九姊侍儿，屡以轻佻获罪，怒谪尘间，又不守女子之贞；今已幽之。』

阁上以锦裀布满，冬未尝寒，夏未尝热。女严冬皆着轻縠⑨，生为制鲜衣，强使着之。逾时解去，曰：『尘浊之物，几于压骨成劳！』一日抱诸膝上，忽觉沉倍曩昔，异之。笑指腹曰：『此中有俗种矣。』过数日，颦黛不食，曰：『近病恶阻，颇思烟火之味。』生乃为具甘旨。从此饮食遂不异于常人。一日曰：『妾质单弱，不任生产。婢子樊英颇健，可使代之。』乃脱衷服衣英，闭诸室。少顷闻儿啼声，启扉视之，男也。喜曰：『此儿福相，大器也！』因名大器。绷纳生怀，俾付乳媪，养诸南院。女自免身⑩，腰细如初，不食烟火矣。

忽辞生，欲暂归宁。问返期，答以『三日』。鼓皮排如前状，遂不见。至期不来；积年余音信全渺，亦已绝望。生键户下帏，遂领乡荐。终不肯娶；

每独宿北院，沐其余芳。一夜辗转在榻，忽见灯火射窗，门亦自辟，群婢拥公主入。生喜，起问爽约之罪。女曰：『妾未愆期，天上二日半耳。』生得意自诩，告以秋捷，意主必喜。女愀然曰：『乌用是傥来者为！无足荣辱，止折人寿数耳。三日不见，入俗幛又深一层矣。』生由是不复进取。过数月又欲归宁，生殊凄恋，女曰：『此去定早还，无烦穿望。且人生合离，皆有定数，撙节之则长，恣纵之则短也。』既去，月余即返。从此一年半载辄一行，往往数月始还，生习为常，亦不之怪。

又生一子。女举之曰：『豺狼也！』立命弃之。生不忍而止，名曰可弃。甫周岁，急为卜婚。诸媒接踵，问其甲子，皆谓不合。曰：『吾欲为狼子治一深圈，竟不可得，当令倾败六七年，亦数也。』嘱生曰：『记取四年后，侯氏生女，左胁有小赘疣，乃此儿妇。当婚之，勿较其门第也。』即令书而志之。

后又归宁，竟不复返。生每以所嘱告亲友。果有侯氏女，生有赘疣，侯贱而行恶，众咸不齿，生竟媒定焉。

大器十七岁及第，娶云氏，夫妻皆孝友。父钟爱之。可弃渐长不喜读，辄偷与无赖博赌，恒盗物偿戏债。父怒挞之，而卒不改。相戒提防，不使有所得。遂夜出，小为穿窬。为主所觉，缚送邑宰。宰审其姓氏，以名刺送之归。父兄共絷之，楚掠惨棘，几于绝气。兄代哀免，始释之。父忿恚得疾，食锐减。乃为二子立析产书，楼阁沃田，尽归大器。可弃怨怒，夜持刀入室将杀兄，误中嫂。先是，主有遗裤绝轻软，云拾作寝衣。可弃斫之，火星四射，大惧奔出。父知病益剧，数月寻卒。可弃闻父死，始归。兄善视之，而可弃益肆。年余所分田产略尽，赴郡讼兄。官审知其人，斥逐之。兄弟之好遂绝。

又逾年可弃二十有三，侯女十五矣。兄忆母言，欲急为完婚。召至家，除

佳宅与居；迎妇入门，以父遗良田，悉登籍交之，曰：『数顷薄田，为若蒙死守之，今悉相付。吾弟无行，寸草与之皆弃也。此后成败，在于新妇。能令改行，无忧冻馁；不然，兄亦不能填无底壑也。』

侯虽小家女，然固慧丽，可弃雅畏爱之，所言无敢违。每出限以晷刻，过期则诟厉不与饮食，可弃以此少敛。年余生一子，妇曰：『我以后无求于人矣。膏腴数顷，母子何患不温饱？无夫焉，亦可也。』会可弃盗粟出赌，妇知之，弯弓于门以拒之。大惧避去。窥妇入，逡巡亦入。妇操刀起，可弃反奔，妇逐斫之，断幅伤臀，血沾袜履。忿极往诉兄，兄不礼焉，冤惭而去。过宿复至，跪嫂哀泣，乞求先容于妇，妇决绝不纳。

可弃怒，将往杀妇，兄不语。可弃忿起，操戈直出。嫂愕然，欲止之；兄目禁之。俟其去，乃曰：『彼固作此态，实不敢归也。』使人觇之，已入家门。兄始色动，将奔赴之，而可弃已坌息入。

盖可弃入家，妇方弄儿，望见之，掷儿床上，觅得厨刀；可弃惧，曳戈反走，妇逐出门外始返。兄已得其情，故诘之。可弃不言，惟向隅泣，目尽肿。兄怜之，亲率之去，妇乃纳之。俟兄出，罚使长跪，要以重誓，而后以瓦盆赐之食。自此改行为善。妇持筹握算，日致丰盈，可弃仰成而已。后年七旬，子孙满前，妇犹时捋白须，使膝行焉。

异史氏曰：悍妻妒妇，遭之者如疽附于骨，死而后已，岂不毒哉！然砒、附，天下之至毒也，苟得其用，瞑眩大瘳，非参、苓所能及矣。而非仙人洞见脏腑，又乌敢以毒药贻子孙哉！

章丘李孝廉善迁，少倜傥不泥，丝竹词曲之属皆精之。两兄皆登甲榜，而孝廉益佻脱。娶夫人谢，稍稍禁制之。遂亡去，三年不返，遍觅不得。后得之

王嘉《拾遗记·后汉》：赠献者积粟盈仓。或云：逵非力耕所得，诵经口倦，世所谓舌耕也。

临清勾栏中。家人入，见其南向坐，少姬十数左右侍，盖皆学音艺而拜门墙者也。临行积衣累笥，悉诸姬所贻。既归，夫人闭置一室，投书满案。以长绳系榻足，引其端自棂内出，贯以巨铃，系诸厨下。凡有所需则蹑绳，绳动铃响则应之。夫人躬设典肆，垂帘纳物而估其直；左持筹，右握管；老仆供奔走而已。由此居积致富。每耻不及诸姒贵。锢闭三年而孝廉捷。喜曰：『三卵两成，吾以汝为毈矣，今亦尔耶？』

耿进士崧生，章丘人。夫人每以绩火佐读：绩者不辍，读者不敢息也。或朋旧相诣，辄窃听之：论文则瀹茗作黍；若恣谐谑，则恶声逐客矣。每试得平等，不敢入室门；超等始笑迎之。设帐得金悉内献，丝毫不敢匿。故东主馈遗，恒面较锱铢。人或非笑之，而不知其销算良难也。后为妇翁延教内弟。是年游泮，翁谢仪十金，耿受盒返金。夫人知之曰：『彼虽固亲，然舌耕[11]为何也？』追之返而受之。耿不敢争，而心终歉焉，思暗偿之。于是每岁馆金，皆短其数以报夫人。积二年余得若干数。忽梦一人告之曰：『明日登高，金数即满。』次日试一临眺，果拾遗金，恰符缺数，遂偿岳。后成进士，夫人犹呵谴之。耿曰：『今一行作吏，何得复尔？』夫人曰：『谚云：「水长则船亦高。」即为宰相，宁便大耶？』

注释 ①卢龙：县名，今河北省卢龙县。②无俦：无人能比。俦，匹。③尚主：娶公主为妻。《史记·李斯列传》：『诸男皆尚秦公主。』《集解》引韦昭曰：『尚，奉也，不敢言娶。』④相宅：察看宅地的风水。《尚书·召诰》：『成王在丰，欲宅洛邑，使召公先相宅。』《注》：『相所居而卜之。』⑤楸枰：因棋盘多用楸木所制，故名。楸，同楸。⑥粉侯：对驸马的美称。三国时，魏国何晏面如傅粉，娶魏公主，赐爵列侯。后世因称驸马为『粉侯』。⑦驸马：汉武帝时设驸马都尉，掌管皇帝出行时的副车。魏晋以后皇帝的女婿多有驸马都尉称号，因此称皇帝的女婿为『驸马』。⑧掌上舞：谓体态轻盈，能在掌上起舞。《赵飞燕外传》载，赵飞燕『家有彭祖分脉之书，善行气术，而纤便轻细，舞之翩然，人谓之飞燕。』⑨縠：丝织的皱纱。⑩免身：分娩。免，通『娩』。⑪舌耕：旧时指教书谋生。王嘉《拾遗记·后汉》：『赠献者积粟盈仓。或云：逵非力耕所得，诵经口倦，世所谓舌耕也。』

①欧阳修《醉翁亭记》：酿泉为酒，泉香而酒冽。

天宫

郭生京都人，年二十余，仪容修美。一日薄暮，有老妪贻尊酒，怪其无因，妪笑曰：『无须问。但饮之自有佳境。』遂径去。揭尊微嗅，冽香①四射，遂饮之。忽大醉，冥然罔觉。及醒，则与一人并枕卧。抚之肤腻如脂，麝兰喷溢，盖女子也。问之不答，遂与交。交已，以手扪壁，壁皆石，阴阴有土气，酷类坟冢。大惊，疑为鬼迷，因问女子：『卿何神也？』女曰：『我非神，乃仙耳。此是洞府。与有夙缘，勿相讶，但耐居之。再入一重门，有漏光处，可以溲便。』既而女起，闭户而去。久之腹馁，遂有女僮来，饷以面饼、鸭臛②，使扪索而啖之。黑漆不知昏晓。无何女子来寝，始知夜矣。郭曰：『昼无天日，夜无灯火，食炙不知口处；常常如此，则姮娥何殊于罗刹，天堂何别于地狱哉！』女笑曰：『为尔俗中人，多言喜泄，故不欲以形色相见。且暗中摸索，妍媸亦当有别，何必灯烛！』

居数日，幽闷异常，屡请暂归。女曰：『来夕当与君一游天宫，便即为别。』次日忽有小鬟笼灯入，曰：『娘子伺郎久矣。』从之出。星斗光中，但见楼阁无数。经几曲画廊，始至一处，堂上垂珠帘，烧巨烛如昼。入，则美人华妆南向坐，年约二十许，锦袍炫目，头上明珠，翘颤四垂；地下皆设短烛，裙底皆照，诚天人也。郭迷乱失次，不觉屈膝。女令婢扶曳入坐。俄顷八珍罗

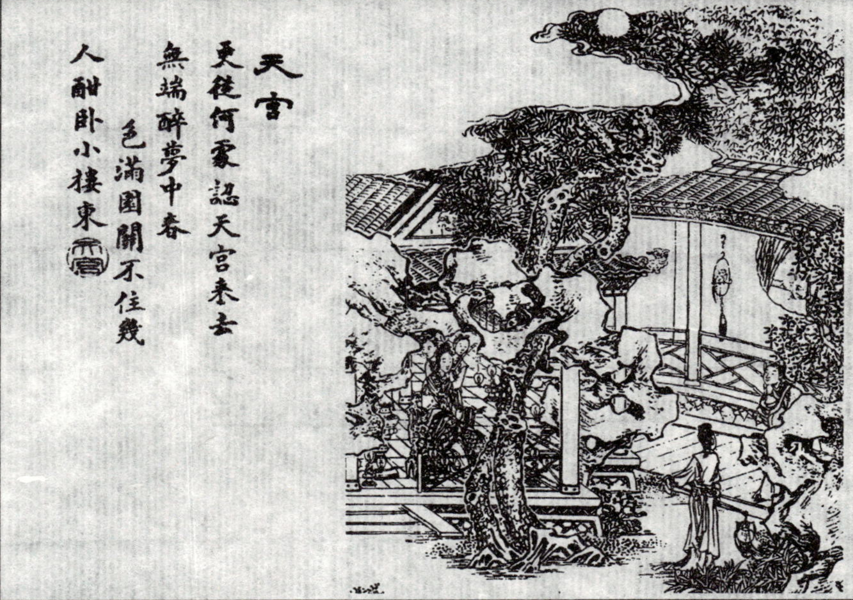

天宫
更徒何處認天宮來去
無端醉夢中春
色滿園關不住幾
人酣卧小樓東

列。女行酒曰：『饮此以送君行。』郭鞠躬曰：『向觌面不识仙人，实所惶悔；如容自赎，愿收为没齿不二之臣。』女顾婢微笑，便命移席卧室。室中流苏绣帐，衾褥香软。使郭就榻坐。饮次，女屡言：『君离家久，暂归亦无妨。』更尽一筹，郭不言别。女唤婢笼烛送之。郭仍不言，伪醉眠榻上，抚之不动。女使诸婢扶裸之。一婢排私处曰：『箇男子容貌温雅，此物何不文也！』举置床上，大笑而去。

女亦寝，郭乃转侧。女问：『醉乎？』曰：『小生何醉！甫见仙人，神志颠倒耳。』女曰：『此是天宫。未明宜早去。如嫌洞中怏闷，不如早别。』郭曰：『今有人夜得名花，闻香扪干，而苦无灯火，此情何以能堪？』女笑，允给灯火。漏下四点，呼婢笼烛抱衣而送之。入洞，见丹垩精工，寝处褥革棕毡尺许厚。郭解履拥衾，婢徘徊不去。郭凝视之，风致娟好，戏曰：『谓我不文

者卿耶？』婢笑，以足蹴枕曰：『子宜僵矣！勿复多言。』视履端嵌珠如巨菽。捉而曳之，婢仆于怀，遂相狎，而呻楚不胜。郭问：『年几何矣？』答云：『十七。』问：『处子亦知情否？』曰：『妾非处子，然荒疏已三年矣。』郭研诘仙人姓氏，及其清贯、尊行。婢曰：『勿问！即非天上，亦异人间。若必知其确耗，恐觅死无地矣。』郭遂不敢复问。次夕女果以烛来，相就寝食，以此为常。一夜女入曰：『期以永好；不意人情乖阻，今将粪除天宫，不能复相容矣。请以卮酒为别。』郭泣下，请得脂泽为爱。女不许，赠以黄金一斤、珠百颗。三盏既尽，忽已昏醉。

既醒，觉四体如缚，纠缠甚密，股不得伸，首不得出。极力转侧，晕堕床下。出手摸之，则锦被囊裹，细绳束焉。起坐凝思，略见床棂，始知为己斋中。时离家已三月，家人谓其已死。郭初不敢明言，惧被仙谴，然心疑怪之。

窃间以告知交，莫有测其故者。被置床头，香盈一室；拆视，则湖绵杂香屑为之，因珍藏焉。后某达官闻而诘之，笑曰：『此贾后之故智也。仙人乌得如此？虽然，此亦宜甚秘，泄之，族矣！』有巫常出入贵家，言其楼阁形状，绝似严东楼③家。郭闻之大惧，携家亡去。未几严伏诛，始归。

异史氏曰：高阁迷离，香盈绣帐；雏奴蹀躞，履缀明珠：非权奸之淫纵，豪势之骄奢，乌有此哉？顾淫筹一掷，金屋变而长门；唾壶未干，情田鞠为茂草。空床伤意，暗烛销魂。含颦玉台之前，凝眸宝幄之内。遂使糟丘台上，路入天宫；温柔乡中，人疑仙子。伧楚之帷薄固不足羞，而广田自荒者，亦足戒已！

注释 ①冽香：清醇的香气。欧阳修《醉翁亭记》：『酿泉为酒，泉香而酒冽。』②鸭臛：鸭肉汤。臛，肉羹。③严东楼：严世蕃，别号东楼，江西分宜人。明代权奸严嵩之子，官至工部左侍郎。性情阴狠，豪奢淫纵。

乔女

何承醜女竟知名
何意倾心為孟生樂俯存
孤報知己居然
節義一身并

乔女

平原乔生有女黑丑，壑一鼻，跛一足。年二十五六，无问名①者。邑有穆生四十余，妻死，贫不能续，因聘焉。三年生一子。未几穆生卒，家益索，大困，则乞怜其母。母颇不耐之。女亦愤不复返，惟以纺织自给。

有孟生丧偶，遗一子乌头，裁周岁，以乳哺乏人，急于求配；然媒数言，辄不当意。忽见女，大悦之，阴使人风示女。女辞焉，曰：『饥冻若此，

从官人得温饱，夫宁不愿？然残丑不如人，所可自信者，德耳。又事二夫，官人何取焉！』孟益贤之，使媒者函金加币而悦其母。母悦，自诣女所固要之，女志终不夺。母惭，愿以少女字孟，家人皆喜，而孟殊不愿。居无何，孟暴疾卒，女往临哭尽哀。孟故无戚党，死后，村中无赖悉凭陵之，家具携取一空。方谋瓜分其田产，家人又各草窃②以去，惟一妪抱儿哭帷中。女问得故，大不平。闻林生与孟善，乃踵门而告曰：『夫妇、朋友，人之大伦也。妾以奇丑为世不齿，独孟生能知我。前虽固拒之，然固已心许之矣。今身死子幼，自当有以报知己。然存孤易，御侮难，若无兄弟父母，遂坐视其子死家灭而不一救，则五伦可以无朋友矣。妾无所多须于君，但以片纸告邑；抚孤，则妾不敢辞。』林曰：『诺。』女别而归。林将如其所教；无赖辈怒，咸欲以白刃相仇。林大惧，闭户不敢复行。女见数日寂无音，问之，则孟氏田产已尽矣。

女忿甚，挺身自诣官。官诘女属孟何人，女曰：『公宰一邑，所凭者理耳。如其言妄，即至戚无所逃罪；如非妄，则道路之人可听也。』官怒其言戆，呵逐而出。女冤愤无伸，哭诉于缙绅之门。某先生闻而义之，代剖于宰。宰按之果真，穷治诸无赖，尽返所取。

或议留女居孟第，抚其孤；女不肯。扃其户，使媪抱乌头从与俱归，另舍之。凡乌头日用所需，辄同妪启户出粟，为之营辨；己锱铢无所沾染，抱子食贫③，一如曩昔。积数年乌头渐长，为延师教读；己子则使学操作。妪劝使并读，女曰：『乌头之费，其所自有；我耗人之财以教己子，此心何以自明？』又数年，为乌头积粟数百石，乃聘于名族，治其第宅，析令归。乌头泣要同居，女从之；然纺绩如故。乌头夫妇夺其具，女曰：『我母子坐食，心甚不安。』遂早暮为之纪理，使其子巡行阡陌，若为佣然。乌头夫妻有小过，

②《尚书·微子》：殷罔不小大，好草窃奸究。

③《诗·卫风·氓》：自我徂尔，三岁食贫。

《庄子·应帝王》：人皆有七窍，以视听食息。

辄斥谴不少贷；稍不悛，则怫然④欲去。夫妻跪道悔词始止。未几乌头入泮，又辞欲归。乌头不可，捐聘币，为穆子完婚。女乃析子令归。乌头留之不得，阴使人于近村为市恒产百亩而后遣之。后女疾求归。乌头不听。病益笃，嘱曰：『必以我归葬！』乌头诺。既卒，阴以金啖穆子，俾合葬于孟。及期，棺重，三十人不能举。穆子忽仆，七孔⑤血出，自言曰：『不肖儿，何得遂卖汝母！』乌头惧，拜祝之，始愈。乃复停数日，修治穆墓已，始合厝⑥之。

异史氏曰：知己之感，许之以身，此烈男子之所为也。彼女子何知，而奇伟如是？若遇九方皋，直牡视之矣。

注释 ①问名：议婚，提亲。男方具书派人到女家，问女方姓名。②草窃：谓乘机窃取。《尚书·微子》：『殷罔不小大，好草窃奸宄。』③食贫：贫穷自守。《诗·卫风·氓》：『自我徂尔，三岁食贫。』④怫然：发怒的样子。《庄子·天地》：『谓己谀人，则怫然作色。』⑤七孔：人体共有眼、耳、口、鼻等七处孔穴，又称七窍。《庄子·应帝王》：『人皆有七窍，以视听食息。』⑥合厝：合葬。夫妻葬在同一个墓穴中。

刘夫人

廉生者，彰德①人。少笃学；早孤，家贫。一日他出，暮归失途。入一村，有媪来谓曰：『廉公子何之？夜得毋深乎？』生方皇惧，更不暇问其谁何，便求假榻。媪引去，入一大第。有双鬟笼灯，导一妇人出，年四十余，举止大家。媪迎曰：『廉公子至。』生趋拜。妇喜曰：『公子秀发，何但作富家翁乎！』即设筵，妇侧坐，劝酹甚殷，而自己举杯未尝饮，举箸亦未尝食。生惶惑，屡审阀阅。笑曰：『再尽三爵告君知。』生如命饮。妇曰：『亡夫刘氏，客江右②，遭变遽殒。未亡人独居荒僻，日就零落。虽有两孙，非鸱鸮即驽骀③耳。公子虽异姓，亦三生骨肉也；且至性纯笃，故遂腼然相见。无他烦，薄藏数金，欲倩公子持泛江湖，分其赢余，亦胜案头萤枯死也。』生辞曰：『少年书痴，恐负重托。』妇曰：『读书之计，先于谋生。公子聪明，何之不

可？』遣婢运资出，交兑八百余两。生惶恐固辞，妇曰：『妾亦知公子未惯懋迁，但试为之，当无不利。』生虑重金非一人可任，谋合商侣。妇曰：『勿须。但觅一朴悫谙练之仆，为公子服役足矣。』遂轮纤指以卜之曰：『伍姓者吉。』命仆马囊金送生出，曰：『腊尽涤盏，候洗宝装矣。』又顾仆曰：『此马调良，可以乘御，即赠公子，勿须将回。』生归，夜才四鼓，仆系马自去。

明日多方觅役，果得伍姓，因厚价招之。伍老于行旅，又为人戆拙不苟，资财悉倚付之。往涉荆襄，岁杪始得归，计利三倍。生以得伍力多，于常格外，另有馈赏，谋同飞洒，不令主知。甫抵家，妇已遣人将迎，遂与俱去。见堂上华筵已设；妇出，备极慰劳。生纳资讫，即呈簿；妇置不顾。少顷即席，歌舞鞺鞳，伍亦赐筵外舍，尽醉方归。因生无家室，留守新岁。次日又求稽盘④，妇曰：『后无须尔，妾会计久矣。』乃出册示生，登志甚悉，并给仆者亦载其上。生曰：『夫人真神人也！』过数日，馆谷丰盛，待若子侄。一日堂上设席，一东面，一南面；堂下设一筵西向。谓生曰：『明日财星临照，宜可远行。今为主价粗设祖帐，以壮行色。』少间伍亦呼至，赐坐堂下。一时鼓钲鸣聒。女优进呈曲目，生命唱『陶朱⑤富』。妇曰：『此先兆也，当得西施作内助矣。』宴罢，仍以全金付生，曰：『此行不可以岁月计，非获巨万勿归也。妾与公子，所凭者在福命，所信

劉夫人

藏金莫笑祇區區刹市從知福命殊地下若無營運客御來人世覓陶朱

者在腹心。勿劳计算，远方之盈绌，妾自知之。』生唯唯而退。

往客淮上，进身为鹾贾，逾年利又数倍。然生嗜读，操筹不忘书卷，所与游皆文士；所获既盈，隐思止之，渐谢任于伍。桃源薛生与最善，适过访之，薛一门俱适别业，昏暮无所复之，阍人延生入，扫榻作炊。细诘主人起居⑥，盖是时方讹传朝廷欲选良家女，犒边庭，民间骚动。闻有少年无妇者，不通媒约，竟以女送诸其家，至有一夕而得两妇者。薛亦新婚于大姓，犹恐舆马喧动，为大令所闻，故暂迁于乡。生既留，初更向尽，方将拂榻就寝，忽闻数人排闼入。阍人不知何语，但闻一人云：『官人既不在家，秉烛者何人？』阍人答：『是廉公子，远客也。』俄而问者已入，袍帽光洁，略一举手，即诘邦族。生告之。喜曰：『吾同乡也。岳家谁氏？』答云：『无之。』益喜，趋出，即招一少年同入，敬与为礼。卒然曰：『实告公子：某慕姓。今夕此来，将送

舍妹于薛官人，至此方知无益。进退维谷之际，适逢公子，宁非数乎！』生以未悉其人，故踌躇不敢应。慕竟不听其致词，急呼送女者。少间二媪扶女郎入，坐生榻上。睨之年十五六，佳妙无双。生喜，始整巾向慕展谢；又嘱阍人行沽，略尽款洽。

慕言：『先世彰德人；母族亦世家，今陵夷矣。闻外祖遗有两孙，不知家况何似。』生问：『伊谁？』曰：『外祖刘，字晖若，闻在郡北三十里。』生曰：『仆郡城东南人，去北里颇远；年又最少，无多交知。郡中此姓最繁，止知郡北有刘荆卿，亦文学士，未审是否？然贫矣！』慕曰：『某祖墓尚在彰郡，每欲扶两榇归葬故里，以资斧未办，姑犹迟迟。今妹子从去，归计益决矣。』生闻之，锐然自任。二慕俱喜。酒数行辞去。生却仆移灯，琴瑟之爱，不可胜言。次日薛已知之，趋入城，除别院馆生。生诣淮，交盘已，留伍居

肆，装资返桃源，同二慕启岳父母骸骨，两家细小，载与俱归。入门安置已，囊金诣主。前仆已候于途。

从去，妇逆见，色喜曰：『陶朱公载得西子来矣！前日为客，今日吾甥婿也。』置酒迎尘，倍益亲爱。生服其先知，因问：『夫人与岳母远近？』妇云：『勿问，久自知之。』乃堆金案上，瓜分为五；自取其二，曰：『吾无用处，聊贻长孙。』生以过多，辞不受。凄然曰：『吾家零落，宅中乔木被人伐作薪；孙子去此颇远，门户萧条，烦公子一营办之。』生诺，而金止收其半，妇强纳之。送生出，挥涕而返。生疑怪间，回视第宅，则为墟墓。始悟妇即妻之外祖母也。

既归，赎墓田一顷，封植伟丽。刘有二孙，长即荆卿；次玉卿，饮博无赖，皆贫。兄弟诣生申谢，生悉厚赠之。由此往来最稔。生颇道其经商之由，玉卿窃意冢中多金，夜合博徒数辈，发墓搜之，剖棺露胔，竟无少获，失望而散。生知墓被发，以告荆卿。诣同验之，入圹，见案上累累，前所分金具在。荆卿欲与生共取之。生曰：『夫人原留此以待兄也。』荆卿乃囊运而归，告诸邑宰，访缉甚严。

后一人卖坟中玉簪，获之，穷讯其党，始知玉卿为首。宰将治以极刑，荆卿代哀，仅得赊死。墓内外两家并力营缮，较前益坚美。由此廉、刘皆富，惟玉卿如故。生及荆卿常河润之，而终不足供其赌博。一夜盗入生家，执索金资。生所藏金皆以千五百为个，发示之。盗取其二，止有鬼马在厩，用以运之而去。使生送诸野，乃释之。村众望盗火未远，噪逐之。贼惊遁。共至其处，则金委路侧，马已成灰烬。始知马亦鬼也。是夜止失金钏一枚而已。先是盗执生妻，悦其美，将欲淫。一盗带面具，力呵止之，声似玉卿。盗释生妻，但脱

腕钏而去。生以是疑玉卿，然心窃德之。后盗以钏质赌，为捕役所获，诘其党，果有玉卿。宰怒，备极五毒。兄与生谋，欲为贿脱，谋未成而玉卿已死。生狱时恤其妻子。生后登贤书，数世皆素封焉。呜呼！『贪』字之点画形象甚近乎『贫』。如玉卿者，可以鉴矣！

注释 ①彰德：旧府名，在今河南省安阳市。②江右：长江下游以西地区，后世称江西。③非鸱鸮即驽骀：意谓子孙凶顽无能，不堪委任。鸱鸮，猫头鹰，古人视猫头鹰为恶禽，比喻性情凶恶之人。驽骀，皆为劣马，比喻才能平庸的人。④稽盘：核查账目，清点财物。⑤陶朱：陶朱公，即春秋时越国大夫范蠡。据《史记·货殖列传》载，范蠡助勾践灭吴后，看出越王可共患难，但不可共安乐，则弃官去。后至陶地，改名为朱公，富甲一方。⑥起居：近况。

神女

米生，闽人，偶入郡，饮醉过市，闻高门中有箫声。询知为开寿筵者，然门庭殊清寂。醉中雅爱笙歌，因就街头写晚生刺，封祝寿仪投焉。人问：『君系此翁何亲？』米云：『并非。』人又云：『此流寓于此，不审何官，甚属骄倨。既非亲属，又将何求？』生悔之，而刺已投矣。

未几两少年出迎，华裳炫目，丰采都雅，揖生入。见一叟南向坐，东西列数筵，客六七人，皆似贵胄①；见生至，俱起为礼，叟亦杖而起。生久立，待与周旋，叟殊不离席。两少年致词曰：『家君衰迈，起拜良难，予兄弟代谢高贤之枉驾也。』生逊谢。遂增一筵于上，与叟接席。未几女乐作于下。座后设琉璃屏，以幛内眷。鼓吹大作，座客无哗。筵将终，两少年起，各以巨杯劝

神女

襆陌衣冠靦介身，車中慰贈亦前因。為卿風夜蒙霜露，不惜珠花持與人。

客，杯可容三斗；生有难色，然见客受，亦受。顷刻四顾，主客尽釂，生不得已亦强尽之。少年复斟；生觉惫甚，起而告退。少年强挽其裾。生大醉逊地②，但觉有人以冷水洒面，恍然若寤。起视，宾客尽散，惟一少年捉臂送之，遂别而归。后再过其门，则已迁去矣。

自郡归，偶适市，一人自肆中出招之饮。并不识；姑从之入，则座上先有里人鲍庄在焉。问其人，乃诸姓，市中磨镜者也。问：『何相识？』曰：

『前日上寿者，君识之否？』生曰：『不识。』诸曰：『予出入其门最稔。翁，傅姓，不知其何籍、何官。先生上寿时，我方在墀下，故识之也。』日暮饮散。鲍庄夜死于途。鲍父不识诸，执名讼生。检得鲍庄体有重伤，生以谋杀论死，备历械梏；以诸未获，罪无申证，禁系之。年余直指③巡方，廉知其冤，释之。

家中田产荡尽，衣巾革褫④，冀可开复，于是携囊入郡。日将暮，休憩路侧。遥见小车来，二青衣夹随之。既过忽命停舆，车中命一青衣问生：『君非米姓乎？』生曰：『诺。』问：『何贫窭若此？』生告以故。问：『安往？』又告之。青衣向车中语；复返，请生至车前。车中以纤手搴帘，微睨之，乃绝代佳人也。谓生曰：『君不幸得无妄之祸，甚为太息。今日学使署非白手可以出入者，途中无可为赠，……』乃于髻上摘珠花一朵，授生曰：『此物可鬻百金，请缄藏之。』生下拜，欲问官阀，车发已远，不解何人。执花悬想，上缀明珠，非凡物也。珍藏而行。至郡投状，上下勒索甚苦；生又不忍货花，遂归依于兄嫂，幸兄贤，为之经纪，贫不废读。

过岁赴郡应试，误入深山。时值清明，游人甚众。有数女骑来，内一女郎，即向年车中人也。见生停骖，问：『何往？』生具对。女惊曰：『君衣顶尚未复耶？』生惨然出珠花，曰：『不忍弃此，故未复也。』女郎晕红上颊，嘱云：『且坐待路隅。』款段而去。久之一婢驰马来，以裹物授生，曰：『娘子说：如今学使之门如市，赠白金二百，为进取之资。』生辞曰：『娘子惠我多矣！自公掇芹⑤不难，重赐所不敢受。但告以姓名，绘一小像，焚香供之，足矣。』婢不顾，委金于地，上马而去。生得金，终不屑夤缘。旋入邑庠第一。乃以金授兄；兄善行运，三年旧业尽复。适有巡抚于闽者乃生祖门人，优恤

甚厚。然生素清鲠，虽属通家，不肯少有干谒。

一日有客裘马至门，家人不识。生出视，则傅公子也。揖入，各道间阔。治具相款，肴酒既陈，公子起而请间；相将入内，公子拜伏于地。生惊问故，则怆然曰：『家君适罹大祸，欲有求于抚台，非兄不可。』生力辞曰：『渠虽世谊，而以私干人，生平从不为也。』公子伏地哀泣。生厉色曰：『小生与公子，一饮之知交耳，何遂以丧节强人！』公子大惭，起而别去。越日方独坐，有青衣人入，视之即山中赠金者。生方惊起，青衣曰：『君忘珠花耶？』生曰：『不敢忘。』曰：『昨公子，即娘子胞兄也。』生闻之窃喜，伪曰：『此难相信。若得娘子亲见一言，则油鼎可蹈耳；不然，不敢奉命。』青衣乃驰马去。更半复返，扣扉入曰：『娘子来矣。』言未几，女郎惨然入，向壁而哭，不出一语。生拜曰：『小生非娘子，无以有今日。但有驱策，敢不惟命！』女曰：『受人求者常骄人，求人者常畏人。中夜奔波，生平何解此苦，只以畏人故耳，亦复何言！』生慰之曰：『小生所以不遽诺者，恐过此一见为难耳。使卿夙夜蒙露，吾知罪矣！』因挽其袪。隐抑搔之。女怒曰：『子诚敝人⑥也！不念畴昔之义，而欲乘人之厄。予过矣！予过分！』忿然而出，登车欲去。生追出谢过，长跪而要遮之。青衣亦为缓颊，女意稍解，就车中谓生曰：『实告君：妾非人，乃神女也。家君为南岳都理司，偶失礼于地官⑦，将达帝庭；非本地都人官印信不可解也。君如不忘旧义，以黄纸一幅为妾求之。』言已，车发遂去。

生归，悚惧不已。乃假驱祟言于巡抚。巡抚以事近巫蛊，不许。生以厚金赂其心腹，诺之，而未得其便。乃归，青衣候门，生具告之，默然遂去，意似怨其不忠。生追送之曰：『归告娘子：如事不谐，我以身命殉之！』归而终

夜思维，计无所出。适院署有宠妾购珠，生乃以珠花献之。姬大悦，窃印为生嵌之。怀归，青衣适至。笑曰：『幸不辱命。但数年来贫贱乞食所不忍鬻者，今仍为主人弃之矣！』因告以情。且曰：『黄金抛置，我都不惜：寄语娘子：珠花须要偿也。』逾数日，傅公子登堂申谢，纳黄金百两。生作色曰：『所以然者，为令妹之惠我无私耳；不然，即万金岂足以易名节哉！』再强之，生色益厉。公子惭退，曰：『此事殊未了！』翼日青衣奉女郎命，进明珠百颗，曰：『此足以偿珠花否耶？』生曰：『重花者非贵珠也。设当日赠我万镒之宝[8]，直须卖作富家翁耳；什袭而甘贫贱何为乎？娘子神人，小生何敢他望，幸得报洪恩于万一，死无憾矣！』青衣置珠案间，生朝拜而后却之。

越数日公子又至。生命治酒。公子使从人入厨下，自行烹调，相对纵饮，欢若一家。有客馈苦糯，公子饮而美，引尽百盏，面颊微赪[9]。乃谓生曰：

『君贞介士，愚兄弟不能早知君，有愧裙钗多矣。家君感大德，无以相报，欲以妹子附为婚姻，恐以幽明见嫌也。』生喜出非常，不知所对。公子辞出，曰：『明夜七月初九，新月钩辰，天孙有少女下嫁，吉期也，可备青庐。』次夕果送女郎至，一切无异常人。三日后，女自兄嫂以及仆妇，皆有馈赏。又最贤，事嫂如姑。数年不育，劝纳妾，生不肯。

适兄贾于江淮，为买少姬而归。姬，姓顾，小字博士，貌亦清婉，夫妇皆喜。见髻上插珠花，酷似当年故物；摘视，果然。异而诘之，答云：『昔有巡抚爱妾死，其婢盗出鬻于市，先人廉其值，买归。妾爱之。先父止生妾，故与妾。后父死家落，妾寄养于顾媪家。顾，妾姨行，见珠屡欲售去，妾死不肯，故得存也。』夫妇叹曰：『十年之物，复归故主，岂非数哉。』女另出珠花一朵，曰：『此物久无偶矣！』因并赐之，亲为簪于髻上。姬退，问女郎家世

甚悉，家人皆讳言之。阴语生曰：『妾视娘子非人间人也，其眉目间有神气。昨簪花时得近视，其美丽出于肌里，非若凡人以黑白位置中见长耳。』生笑之。姬曰：『君勿言，妾将试之；如其神，但有所须，无人处焚香以求，彼当自知。』女郎绣袜精工，博士爱之而未敢言，乃即闺中焚香祝之。女早起，忽检箧中出袜，遣婢赠博士。生见而笑。女问故，以实告。女曰：『黠哉婢乎！』因其慧益怜爱之；然博士益恭，昧爽时必薰沐以朝。

后博士一举两男，两人分字之。生年八十，女貌犹如处子。生病，女置材，倍加宽大。及死，女不哭；男女他适，女已入材中死矣。因合葬之。至今传为『大材冢』云。

异史氏曰：女则神矣，博士而能知之，是遵何术欤？乃知人之慧，固有灵于神者矣！

注释 ①贵胄：指贵族子弟。胄，后代。②踣地：跌倒在地。踣，跌倒。③直指：官名。古时中央政府直接派往地方以检查吏治及司法的使者，亦称『绣衣直指』。④衣巾革褫：指革除功名。旧时生员犯罪，要先由学官报请上级革除功名，然后才能动刑。褫，褫夺。⑤掇芹：科举时代称考取秀才为掇芹。《诗·鲁颂·泮水》：『思乐泮水，薄采其芹。』故考中秀才亦称『入泮』。⑥敝人：心术不正的人。⑦地官：道教所信奉的神仙，主赦罪。⑧万镒之宝：价值连城的宝物。镒，古时一镒为一金，一金为二十四两。⑨赪：赤色。

湘裙

晏仲，陕西延安①人。与兄伯同居，友爱敦笃。伯三十而卒，无嗣；嫂亦继亡。仲痛悼之，每思生二子，则以一继兄后。甫举一男，而仲妻又死。仲恐继娶不贤，将购一妾。邻村有货婢者，仲往相之，略不称意，被友人留酌醉归。途中遇故窗友②梁生，邀至其家。竟忘其已死，随之而去。入其门，并非旧第，问之。曰：『新移于此。』入谋酒，又告竭，嘱仲坐待，挈瓶往沽。仲出立门外以俟之。忽见一妇人控驴而过，有八九岁童子随之，其面目神色，绝类其兄。心恻然动，急委缀之，便问：『意子何姓？』童曰：『姓晏。』仲惊，

又问其父名。曰：『不知。』叙问间，已至其家，妇人下驴入。仲执童子曰：『汝父在家否？』童入问。少顷一媪出窥，则其嫂也。讶叔何来。仲大悲，随入。见庐落整顿，问：『兄何在？』嫂曰：『责负③未归。』问：『骑驴者何人？』曰：『此汝兄妾甘氏，生两男矣。长阿大赴市未返；汝所见者阿小。』坐久酒渐醒，始悟所见皆鬼。然以兄弟情切，亦不甚惧。嫂治酒饭。仲急欲见兄，促阿小觅之。良久，哭而归云：『李家负欠不还，反与父闹。』仲闻之，与阿小奔去，见两人方捽兄地上。仲怒，奋拳直入，人尽踣。急救兄起，敌已俱奔。追捉一人，捶楚无算，始起。执兄手，顿足哀泣。兄亦泣。既归，举家慰问，乃具酒食，兄弟相庆。忽一少年人，年约十六七。伯呼阿大，令拜叔。仲挽之，哭向兄曰：『大哥地下有两子，而坟墓不扫；弟又无妻子，奈何？』伯亦凄恻。嫂曰：『遣阿小从叔去，亦得。』阿小闻言，依叔肘下，眷恋不去。

湘裙
弟兄握手聚泉臺斗
酒豆羹飯饋來私試
血痕留玉腕早知有
意向爲才

仲抚之，问：『汝乐从否？』答云：『乐从。』仲念鬼虽非人，慰情亦胜无也，因为解颜。伯曰：『从去但勿娇惯，宜啖以血肉，驱向日中曝之，午过乃已。六七岁儿，历春及夏，骨肉更生，可以娶妻育子；但恐不寿耳。』言间有少女在门外窥听，意致温婉。仲疑为兄女，因问兄。兄曰：『此名湘裙，吾妾妹也。孤而无归，寄食十年矣。』问：『已字否？』伯曰：『尚未。近有媒议东村田家。』女在窗外小

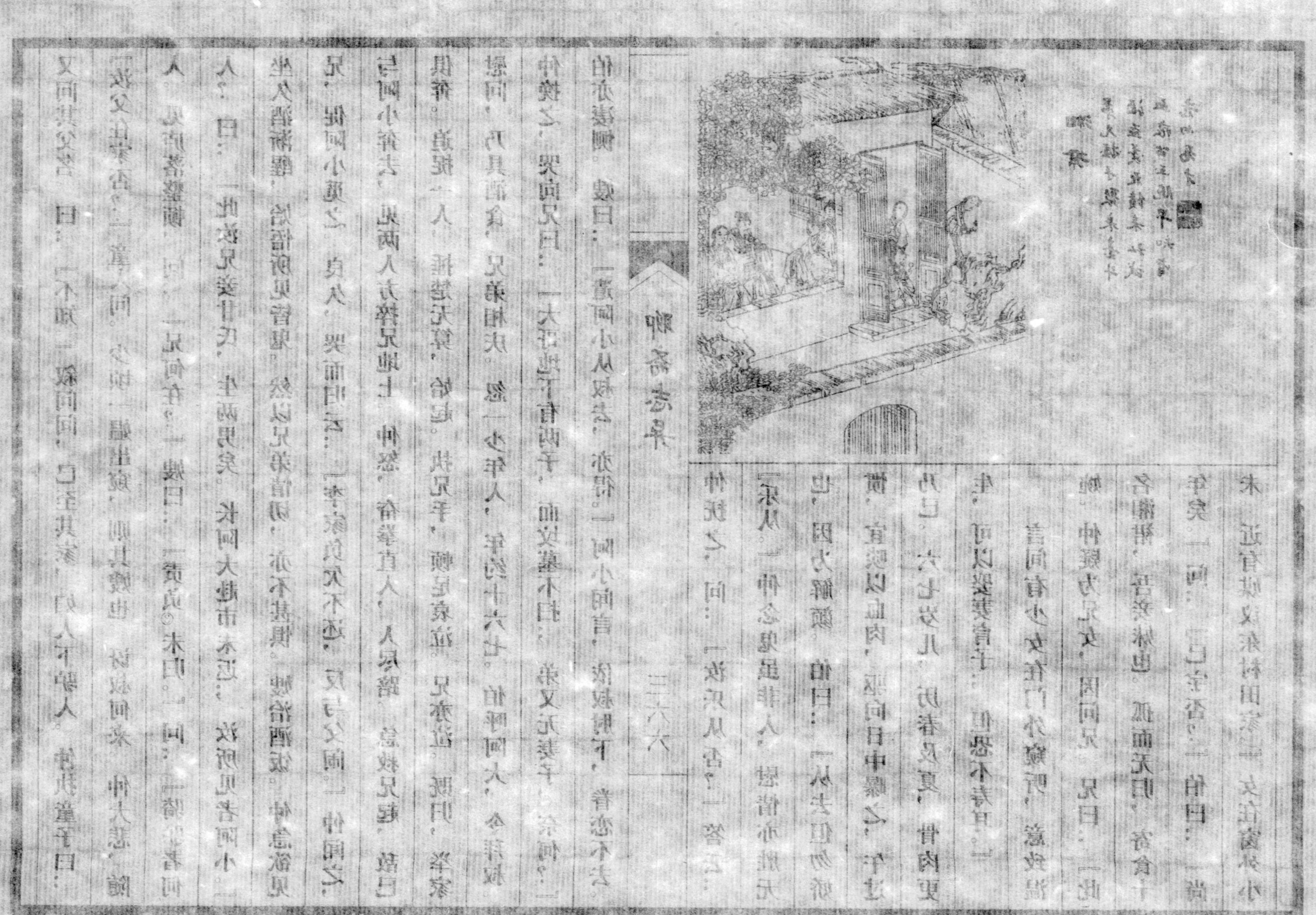

《琵琶记·激怒当朝》：乔才堪笑，故阻佯推不肯从。

语曰：『我不嫁田家牧牛子。』仲颇心动，未便明言。既而伯起，设榻于斋，止弟宿。仲本不欲留，意恋湘裙，将探兄意，遂别兄就寝。时方初春，天气尚寒，斋中夙无烟火，森然冷坐。思得小饮，俄见阿小推扉入，以杯羹斗酒置案上。仲问：『谁为？』答曰：『湘姨。』酒将尽，又以灰覆盆火置床下。仲问：『爹娘睡乎？』曰：『睡已久矣。汝寝何所？』曰：『与湘姨同榻耳。』阿小俟叔步眠，乃掩门去。仲念湘裙慧而解意，愈爱慕之；且能抚阿小，欲得之心更坚，辗转床头，终夜不寐。

早起，告兄曰：『弟孑然无偶，愿大哥留意。』伯曰：『吾家非一瓢一担者，物色当自有人。地下即有佳丽，恐于弟无所利益。』仲曰：『古人亦有鬼妻，何害？』伯会意，曰：『湘裙亦佳。但以巨针刺人迎，血出不止者，便可为生人妻，何得草草。』仲曰：『得湘裙抚阿小，亦得。』伯但摇首。仲求不已，嫂曰：『试捉湘裙强刺验之，不可乃已。』遂握针出门外，遇湘裙急捉其腕，则血痕犹湿。盖闻伯言时，已自试之矣。嫂释手而笑，反告伯曰：『渠作有意乔才④久矣，尚为之代虑耶？』妾闻之怒，趋近湘裙，以指刺眶而骂曰：『淫婢不羞！欲从阿叔奔走耶？我定不如其愿！』湘裙愧愤，哭欲觅死，举家腾沸。仲乃大惭，别兄嫂，率阿小而出。兄曰：『弟姑去；阿小勿使复来，恐损其生气也。』仲曰：『诺。』

既归，伪增其年，托言兄卖婢之遗腹子。众以其貌酷肖，亦信为伯遗体⑤。仲教之读，辄遣抱书就日中诵之。初以为苦，久而渐安。六月中，几案灼人，而儿戏且读，殊无少怨。儿甚慧，日尽半卷，夜与叔抵足，恒背诵之。叔甚慰。又以不忘湘裙，故不复作『燕楼』想矣。

一日双媒来为阿小议姻，中馈无人，心甚躁急。忽甘嫂自外入曰：『阿叔

勿怪，吾送湘裙至矣。缘婢子不识羞，我故挫辱之。叔如此表表而不相从，更欲从何人者？』见湘裙立其后，心甚欢悦。肃嫂坐；具述有客在堂，乃趋出。少间复入，则甘氏已去。湘裙卸妆入厨下，刀砧盈耳矣。俄而肴胾罗列，烹饪得宜。客去，仲入，见湘裙凝妆坐室中，遂与交拜成礼。至晚，女仍欲与阿小共宿。仲曰：『我欲以阳气温之，不可离也。』因置女别室，惟晚间杯酒一往欢会而已。湘裙抚前子如已出，仲益贤之。

一夕夫妻款洽，仲戏问：『阴世有佳人否？』女思良久，答曰：『未见。惟邻女葳灵仙，群以为美；顾貌亦犹人，要善修饰耳。与妾往还最久，心中窃鄙其激荡也。如欲见之，顷刻可致。但此等人，未可招惹。』仲急欲一见。女把笔似欲作书，既而掷管曰：『不可，不可！』强之再四，乃曰：『勿为所惑。』仲诺之。遂裂纸作数画若符，于门外焚之。少时帘动钩鸣，吃吃作笑声。女起曳入，高髻云翘，殆类画图。扶坐床头，酌酒相叙间阔。初见仲，犹以红袖掩口，不甚纵谈；数盏后，嬉狎无忌，渐伸一足压仲衣。仲心迷乱，魄荡魂飞。目前唯碍湘裙；湘裙又故防之，顷刻不离于侧。葳灵仙忽起搴帘而出；湘裙从之，仲亦从之。葳灵仙握仲趋入他室。湘裙甚恨，然而无可如何，愤愤归室，听其所为而已。既而仲入，湘裙责之曰：『不听我言，后恐却之不得耳。』仲疑其妒，不乐而散。次夕葳灵仙不召自来。湘裙甚厌见之，傲不为礼；仙竟与仲相将而去。如此数夕。女望其来则诟辱之，而亦不能却也。月余仲病不能起，始大悔，唤湘裙与共寝处，冀可避之；昼夜之防稍懈，则人鬼已在阳台。湘裙操杖逐之，鬼忿与争，湘裙荏弱，手足皆为所伤。仲浸以沉困。湘裙泣曰：『吾何以见吾姊乎！』

又数日仲冥然遂死。初见二隶执牒入，不觉从去。至途患无资斧，邀隶便

道过兄所。兄见之，惊骇失色，问：『弟近何作？』仲曰：『无他，但有鬼病耳。』实告之。兄曰：『是矣。』乃出白金一裹，谓隶曰：『姑笑纳之。吾弟罪不应死，请释归，我使豚子⑥从去，或无不谐。』便唤阿大陪隶饮。返身入家，便告以故。乃令甘氏隔壁唤葳灵仙。俄至见仲欲遁，伯揪返骂曰：『淫婢！生为荡妇，死为贱鬼，不齿群众久矣；又祟吾弟耶！』立批之，云鬟蓬飞，妖容顿减。久之一妪来，伏地哀恳。伯又责妪纵女宣淫，呵詈移时，始令与女俱去。

伯乃送仲出，飘忽间已抵家门，直至卧室，豁然若寤，始知适间之已死也。伯责湘裙曰：『我与若姊谓汝贤能，故使从吾弟，反欲促吾弟死耶！设非名分之嫌，便当挞楚！』湘裙惭惧啜泣，望伯伏谢。伯顾阿小喜曰：『儿居然生人矣！』湘裙欲出作黍，伯曰：『弟事未办，我不遑暇。』阿小年十三，渐知恋父；见父出，零涕从之。伯曰：『从叔最乐，我行复来耳。』转身便逝，从此不复相闻问矣。

后阿小娶妇，生一子，亦三十而卒。仲抚其孤如侄生时。仲年八十，其子二十余矣，乃析之。湘裙无出。一日谓仲曰：『我先驱狐狸于地下可乎？』盛妆上床而殁。仲亦不哀，半年亦殁。

异史氏曰：天下之友爱如仲几人哉！宜其不死而益之以年也。阳绝阴嗣，此皆不忍死兄之诚心所格；在人无此理，在天宁有此数乎？地下生子，愿承前业者想亦不少；恐承绝产之贤兄贤弟，不肯收恤耳！

注释 ①陕西延安：旧府名，在今陕西延安市。②窗友：同窗。③责负：索债，讨债。责，索取。负，欠债。④乔才：坏坯子、坏东西。《琵琶记·激怒当朝》：『乔才堪笑，故阻佯推不肯从。』⑤遗体：古人称自身为父母遗体，后借指儿女。《礼记·祭义》：『身也者，父母之遗体也。』⑥豚子：对自己的儿子的谦称。

长亭

石太璞，泰山人，好厌禳之术。有道士遇之，喜其慧，纳为弟子。启牙签①，出二卷，上卷驱狐，下卷驱鬼，乃以下卷授之曰：『虔奉此书，衣食佳丽皆有之。』问其姓名，曰：『吾汴城北村玄帝观王赤城也。』留数日，尽传其诀。石由此精于符箓，委贽者接踵于门。

一日有叟来自称翁姓，炫陈币帛，谓其女鬼病已殆，必求亲诣。石闻病危，辞不受贽，姑与俱往。十余里入山村，至其家，廊舍华好。入室，见少女卧縠幛中，婢以钩挂帐。望之年十四五许，支缀于床，形容已槁。近临之，忽开目云：『良医至矣。』举家皆喜，谓其不语已数日矣。石乃出，因诘病状。叟曰：『白昼见少年来，与共寝处，捉之已杳；少间复至，意其为鬼。』石曰：『其鬼也驱之不难；恐其是狐，则非余所敢知矣。』叟曰：『必非必非。』

長亭
驅鬼新傳一卷書漫逢佳耦
信非虛芳名早作分離讖
冰玉偏難積怨除

石授以符，是夕宿于其家。夜分有少年人，衣冠整肃。石疑是主人眷属，起而问之。曰：『我鬼也。翁家尽狐。偶悦其女红亭，姑止焉。鬼为狐祟，阴骘②无伤，君何必离人之缘而护之也？女之姊长亭，光艳尤绝。敬留全璧，以待高贤。彼如许字，方可为之施治；尔时我当自去。』石诺之。是夜少年不复至，女顿醒。天明，叟喜告石，请石入视。石焚旧符，坐诊之。见绣幕有女郎，丽如天人，心知其长亭也。诊已，

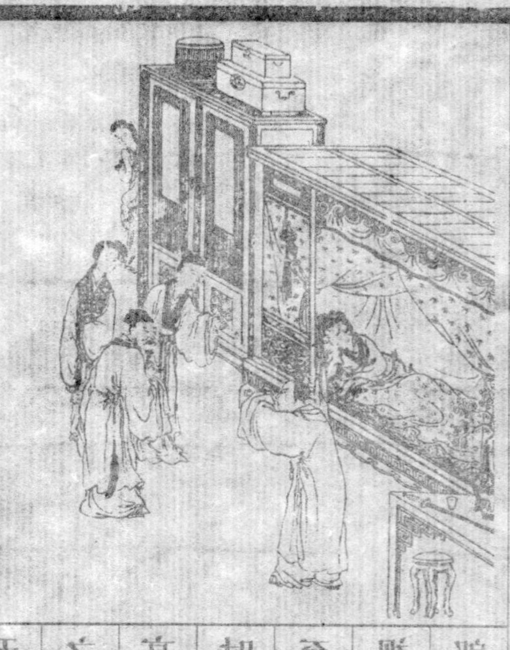

索水洒幛。女郎急以碗水付之，蹀躞之间，意动神流。石生此际，心殊不在鬼矣。出辞叟，托制药去，数日不返。鬼益肆，除长亭外，子妇婢女俱被淫惑。又以仆马招石，石托疾不赴。

明日，叟自至。石故作病股状，扶杖而出。叟问故，曰：『此鳏之难也！曩夜婢子登榻，倾跌，堕汤夫人[3]泡两足耳。』叟问：『何久不续？』石曰：『恨不得清门如翁者。』叟默而出。石送嘱曰：『病瘥当自至，无烦玉趾也。』又数日叟复来，石跛而见之。叟慰问曰：『顷与荆人言，君如驱鬼去，使举家安枕，小女长亭，年十七矣，愿遣奉事君子。』石喜，顿首于地。乃曰：『雅意若此，病躯何敢复爱。』立刻出门，并骑而去。入视祟者既毕，石恐负约，请与媪盟。媪出曰：『先生何见疑也？』随拔长亭所插金簪，授石为信。石喜拜受，乃遍集家人，悉为祓除。惟长亭深匿不出，遂写一佩符，使持赠之。是夜寂然，惟红亭呻吟未已，投以法水，所患若失。石起辞，叟挽留殷恳。至晚，肴核罗列，劝酬殊切。漏二下，主人辞去。石方就枕，闻叩扉甚急；起视，则长亭掩入，仓皇告曰：『吾家欲以白刃相仇，可急走！』言已径返身去。石战惧失色，越垣急窜。遥见火光，疾奔而往，则里人夜猎者也。喜，待猎已，从与俱归。心怀怨愤，无路可伸，欲往汴城寻师治之。奈家有老父，病废在床，日夜筹思，进退莫决。

忽一日双舆至门，则翁媪送长亭至，谓石曰：『曩夜之归，胡再不谋？』石见长亭，怨恨都消，故隐不发。媪促两人庭拜讫。石欲设筵，媪曰：『我非闲人，不能坐享甘旨。我家老子[4]昏髦[5]，倘有不悉，郎肯为长亭一念老身，为幸多矣。』登车遂去。盖杀婿之谋，媪不与闻；及追之不得而返，媪始知之。心不能平，与叟日相诟谇[6]。长亭亦涕泣不食。媪强送女来，非翁意也。

《释文》：自目曰涕，自鼻曰洟。

长亭入门，诘之，始知其故。过两三月，翁家取女归宁。石料其不返，禁止之。女自此时一涕零。年余生一子，名慧儿，雇乳媪哺之。儿好啼，夜必归母。一日翁家又以舆来，言媪思女甚。长亭益悲，石不忍复留之。欲抱子去，石不可，长亭乃自归。别时以一月为期，既而半载无耗。遣人往探之，则向所僦宅久空。

又二年余，望想都绝；而儿啼终夜，寸心如割。既而父又病卒，倍益哀伤；因而病惫，苫次弥留，不能受吊。方昏愦间，忽闻妇人哭入。视之，则者长亭也。石大悲，一恸遂绝。婢惊呼，女始啜泣，抚之良久渐苏。曰：『我疑已死，与汝相聚于冥中。』女曰：『非也。妾不孝，不得严父心，尼归⑦三载，诚所负心。适家人由东海过此，得翁凶信。妾遵严命而绝儿女之情，不敢循乱命而失翁媳之礼。妾来时，母知而父不知也。』言间，儿投怀中。言已，

始抚而泣曰：『我有父，儿无母矣！』儿亦啕，一室掩泣。女起，经理家政，柩前牲盛洁备，石乃大慰。然病久，急切不能起。女乃请石外兄款洽吊唁。丧既闭，石始能杖而起，相与营谋殡葬。葬已，女欲辞归，以受背父之谴。夫挽儿号，隐忍而止。未几，有人来言母病，乃谓石曰：『妾为君父来，君不为妾母放令归耶？』石许之。女使乳媪抱儿他适，涕洟⑧出门而去。去后数年不返。石父子渐亦忘之。

一日昧爽启扉，则长亭飘入。石方骇问，女戚然坐榻上，叹曰：『生长闺阁，视一里为遥；今一日夜而奔千里，殆矣！』细诘之，女欲言复止。固诘之，乃哭曰：『今为君言，恐妾之所悲，而君之所快也。迩年徙居晋界，僦居赵缙绅之第。主客交最善，以红亭妻其公子。公子数逋荡，家庭颇不相安。妹归告父；父留之半年不令还。公子忿恨，不知何处聘一恶人来，遣神绾锁缚

老父去。一门大骇，顷刻四散矣。』石闻之，笑不自禁。女怒曰：『彼虽不仁，妾之父也。妾与君琴瑟数年，止有相好而无相尤。今日人亡家败，百口流离，即不为父伤，宁不为妾吊乎！闻之忭舞⑨，更无片语相慰藉，何不义也！』拂袖而出。石追谢之，亦已渺矣。怅然自悔，拚⑩已决绝。

过二三日，媪与女俱来，石喜慰问。母女俱伏。惊问其故，又俱哭。女曰：『妾负气而去，今不能自坚，又要求人复何颜面！』石曰：『岳固非人；母之惠，卿之情，所不敢忘。然闻祸而乐，亦犹人情，卿何不能暂忍？』女曰：『顷于途中遇母，始知縶吾父者，乃君师也。』石曰：『果尔，亦大易。然翁不归，则卿之父子离散；恐翁归，则卿之夫泣儿悲也。』媪矢以自明，女亦誓以相报。石乃即刻治任如汴，询至玄帝观，则赤城归未久。入而参拜，师问：『何来？』石视厨下一老狐，孔前股而系之，笑曰：『弟子之来，为此老魅。』赤城诘之，曰：『是吾岳也。』因以实告。道士谓其狡诈不肯轻释；固请，始许之。石因备述其诈，狐闻之，塞身入灶，似有惭状。道士笑曰：『彼羞恶之心未尽亡也。』石起，牵之而出，以刀断索抽之。狐痛极，齿龈龈然。石不遽抽，而顿挫之，笑问之曰：『翁痛乎？勿抽可耶！』狐睛睒闪⑪，似有愠色。既释，摇尾出观而去。石辞归。

三日前，已有人报叟信，媪先去，留女待石。石至，女逆而伏。石挽之曰：『卿如不忘琴瑟之情，不在感激也。』女曰：『今复迁还故居矣，村舍邻迩，音问可以不梗。妾欲归省，三日可旋，君信之否？』曰：『儿生而无母，未便殇折。我日日鳏居，习已成惯。今不似赵公子，而反德报之，所以为卿者尽矣。如其不还，在卿为负义，道里虽近，当亦不复过问，何不信之与有？』女去，二日即返。问：『何速？』曰：『父以君在汴曾相戏弄，未能忘怀，言

之絮叨；妾不欲复闻，故早来也。』自此闺中之往来无间，而翁婿间尚不通吊庆云⑫。

异史氏曰：狐情反复，谲诈已甚。悔婚之事，两女而一辙，诡可知矣。然要而婚之，是启其悔者犹在初也。且婿既爱女而救其父，止宜置昔怨而仁化之；乃复狎弄于危急之中，何怪其没齿不忘也！天下之有冰玉而不相能⑬者，类如此。

注释 ①牙签：指象牙制作的图书标签。②阴骘：犹阴德。③汤夫人：亦称『汤婆子』，用铜或锡制成的一种扁壶，冬日注入热水，塞好瓶口，放入被中温暖双足。④老子：老头子，此处指其丈夫。⑤昏髦：髦，年老糊涂。⑥诟谇：指责，埋怨。⑦尼归：受阻不归。尼，停止，阻止。《孟子·梁惠王》下：『行，或使之；止，或尼之。行止，非人所能也。』⑧涕洟：涕泪横流。《礼记·檀弓》上：『待于庙，垂涕洟。』《释文》：『自目曰涕，自鼻曰洟。』⑨忭舞：欢欣起舞。⑩拚：表示舍弃、甘愿之辞。⑪睒闪：闪烁。⑫不通吊庆：意谓没有来往。吊，吊问。庆，祝福。⑬冰玉而不相能：意谓翁婿感情不和。冰玉，为岳父和女婿的代称。《晋书·卫玠传》载，玠为名士，而其岳父乐广亦名扬海内，人称『妇公冰清，女婿玉润』。

素秋

俞慎字谨庵，顺天旧家子。赴试入都，舍于郊郭。时见对户一少年，美如冠玉①。心好之，渐近与语，风雅尤绝。大悦，捉臂邀至寓所，相与款宴。问其姓氏，则金陵俞士忱也，字恂九。公子闻与同姓，更加浃洽，订为昆仲；少年遂减名字为忱。

明日过其家，书舍光洁；然门庭踧落②，更无厮仆。引公子入内，呼妹出拜，年约十三四，肌肤莹澈，粉玉无其白也。少顷托茗献客，家中似无臧获。公子异之，数语遂出。自后友爱如胞。恂九无日不来，或留共宿，则以弱妹无伴为辞。公子曰：『吾弟流寓千里，曾无应门之僮，兄妹纤弱，何以为生？计不如从我去，有斗舍可共栖止，如何？』恂九喜，约以场后。试毕，恂九邀公子去，曰：『中秋月明如昼，妹子素秋具有蔬酒，勿违其意。』竟挽

入内。素秋出，略道温凉，便入复室，下帘治具。少间自出行炙。公子起曰：『妹子奔波，情何以忍！』素秋笑入。顷之搴帘出，则一青衣婢捧壶；又一媪托柈进烹鱼。公子讶曰：『此辈何来？不早从事而烦妹子？』恂九微笑曰：『妹子又弄怪矣。』但闻帘内吃吃作笑声，公子不解其故。既而筵终，婢媪撤器，公子适嗽，误咳婢衣；婢随唾而倒，碎碗流炙。视婢，则帛剪小人，仅四寸许。恂九大笑。素秋笑出，拾之而去。俄而婢复出，奔走如故，公子大异之。恂九曰：『此不过妹子幼时，卜紫姑之小技耳。』公子因问：『弟妹都已长成，何未婚姻？』答云：『先人即世，去留尚无定所，故此迟迟。』遂与商定行期，鬻宅，携妹与公子俱西。既归，除舍舍之；又遣一婢为之服役。

公子妻，韩侍郎之犹女也，尤怜爱素秋，饮食共之。公子与恂九亦然。而恂九又最慧，目下十行，试作一艺，老宿③不能及之。公子劝赴童试，恂九曰：『姑为此业者，聊与君分苦耳。自审福薄，不堪仕进；且一入此途，遂不能不戚戚于得失，故不为也。』居三年，公子又下第。恂九大为扼腕，奋然曰：『榜上一名，何遂艰难若此！我初不欲为成败所惑，故宁寂寂耳。今见大哥不能发舒，不觉中热，十九岁老童当效驹驰也。』公子喜，试期送入场，邑、郡、道皆第一。益与公子下帷攻苦。逾年科试，并为郡、邑冠军。恂九名大噪，远近争婚之，恂九悉却去。公

素秋

河九脉望已成僊阿妹依人剧可怜控衔息息留松衔蓬莱远望只雲烟

陶渊明《拟挽歌辞》：昨暮同为人，今旦在鬼箓。

子力劝之，乃以场后为解。

无何，试毕，倾慕者争录其文，相传颂；恂九亦自觉第二人不屑居也。及榜发，兄弟皆黜。时方对饮，公子互作噱；恂九失色，酒盏倾堕，身仆案下。扶置榻上，病已困殆。急呼妹至，张目谓公子曰：『吾两人情虽如胞，实非同族。弟自分已登鬼箓④。衔恩无可相报，素秋已长成，既蒙嫂抚爱，媵之可也。』公子作色曰：『是真吾弟之乱命也！其将谓我人头畜鸣者耶！』恂九泣下。公子即以重金为购良材。恂九命舁至，力疾而入，嘱妹曰：『我没后即阖棺，无令一人开视。』公子尚欲有言，而目已瞑矣。公子哀伤，如丧手足。然窃疑其嘱异，俟素秋他出，启而视之，则棺中袍服如蜕；揭之，有蠹鱼⑤径尺，僵卧其中。骇异间，素秋促入，惨然曰：『兄弟何所隔阂？所以然者非兄也；但恐传布飞扬，妾亦不能久居耳。』公子曰：『礼缘情制，情之所在，异族何殊焉？妹宁不知我心乎？即中馈当无漏言，请勿虑。』遂速卜吉期，厚葬之。初，公子欲以素秋论婚于世家，恂九不欲。既殁，公子商于素秋，素秋不应。公子曰：『妹子年已二十，长而不嫁，人其谓我何？』对曰：『若然，但惟兄命。然自顾无福相，不愿入侯门，寒士而可。』公子曰：『诺。』不数日，冰媒相属，卒无所可。先是，公子妻弟韩荃来吊，得窥素秋，心爱悦之，欲购作小妻。谋之姊，姊急戒勿言，恐公子知。韩心不释，托媒风示公子，许为买乡场关节。公子闻之，大怒诟骂，将致意者批逐出门，自此交往遂绝。又有故尚书孙某甲，将娶而妇卒，亦遣冰来。其甲第人所素识，公子欲一见其人，因使媒约，使甲躬谒。及期，垂帘于内，令素秋自相之。甲至，裘马驺从，炫耀闾里；人又秀雅如处子。公子大悦，而素秋殊不乐。公子竟许之，盛备装奁⑥。素秋固止之；公子亦不听，卒厚赠焉。既嫁，琴瑟甚敦。然兄

嫂系念，月辄归宁。来时，奁中珠绣，必携数事付嫂收贮。嫂不解其意，亦姑听之。

甲少孤，寡母溺爱太过，日近匪人，引诱嫖赌，家传书画鼎彝⑦，皆以鬻偿戏债。韩荃与有瓜葛，日招甲饮而窃探之，愿以两妾及五百金易素秋。甲初不肯；韩固求之，甲意摇动，恐公子不甘。韩曰：『彼与我至戚，此又非其支系，若事已成，彼亦无如我何；万一有他，我身任之。有家君在，何畏一命谨庵哉！』遂盛妆两姬出行酒，且曰：『果如所约，此即君家人矣。』甲惑之，约期而去。至日，虑韩诈谖，夜候于途，果有舆来，启帘验照不虚，乃导去，姑置斋中。韩仆以五百金交兑明白。甲奔入，诳素秋曰：『公子暴病相呼。』素秋未遑理妆，草草遂出。舆既发，夜迷不知何所，逴行良远，殊不可到。忽见二巨烛来，众窃喜其可以问路。及至前，则巨蟒两目如灯。众大骇，人马俱窜，委舆路侧；将曙复集则空舆存焉。意必葬于蛇腹，归告主人，垂首丧气而已。

数日后，公子遣人诣妹，始知为恶人赚去，初不疑其婿之伪也。陪娶婢归，细诘情迹，微窥其变，忿极，遍诉都邑。某甲惧，求救于韩。韩以金妾两亡，正复懊丧，斥绝不为力。甲呆憨无所复计，各处勾牒至，俱以赂嘱免行。月余，金珠服饰典货一空。公子于宪府究理甚急，邑官皆奉严令，甲知不能复匿，始出，至公堂实情尽吐。宪票拘韩对质。韩惧，以情告父。父时已休职，怒其所为不法，执付隶。及见官府，言及遇蟒之变，悉谓其词枝梧；家人榜掠殆遍，甲亦屡被敲楚⑧。幸母日鬻田产，上下营求，刑轻得不死，而韩仆已瘐毙矣。韩久困囹圄，愿助甲赂公子千金，哀求罢讼。公子不许。甲母又请益以二姬，但求姑存疑案以待寻访；妻又承叔母命，朝夕解免，公子乃许之。

甲家綦贫，货宅办金，而急切不能得售，因先送姬来，乞其延缓。

逾数日，公子夜坐斋中，素秋偕一媪，蓦然忽入。公子骇问：『妹固无恙耶？』笑曰：『蟒变乃妹之小术耳。当夜窜入一秀才家，依于其母。彼亦识兄，今在门外。』公子倒屣出迎，则宛平名士周生也。素相善。把臂入斋，款洽臻至。倾谈既久，始知颠末。初，素秋昧爽款生门，母纳入，诘之，知为公子妹，便欲驰报。素秋止之，因与母居。甚得母欢，以子无妇，窃属意素秋，微言之。素秋以未奉兄命为辞。生亦以公子交契，故不肯作无媒之合，但频频侦听。知讼事已有关说，素秋乃告母欲归。母遣生率一媪送之，即嘱媪为媒。公子以素秋居生家久，亦有此心；及闻媪言大喜，即与生面订姻好。先是，素秋夜归，欲使公子得金而后宣之。公子不可，曰：『向愤无所泄，故索金以败之耳。今复见妹，万金何能易哉！』即遣人告诸两家罢之。又念生家故不甚丰，道又远，亲迎殊难，因移生母来，居以恂九旧第；生亦备币帛鼓乐，婚嫁成礼。

一日，嫂戏素秋曰：『今得新婿，从前枕席之爱犹忆之否？』素秋笑顾婢曰：『忆之否？』嫂不解，研问之，盖三年床第皆以婢代。每夕以笔画其两眉，驱之去，即对烛独坐，婿亦不之辨也。益奇之，求其术，但笑不言。次年大比，生将与公子偕往。素秋曰：『不必。』公子强挽而去。是科，公子中式，生落第归。逾年母卒，遂不复言进取矣。一日，素秋谓嫂曰：『向求我术，固未肯以此骇物听也。今将远别，请秘授之，亦可以避兵燹。』嫂惊问故，答曰：『三年后此处当无人烟。妾荏弱不堪惊恐，将蹈海滨而隐。大哥富贵中人，不可以偕，故言别也。』乃以术悉授嫂。数日又告别，公子留之不得，至泣下，问：『何往？』又不言。鸡鸣早起，携一白须奴，控双卫而去。公子阴

使人尾送之，至胶莱之界，尘雾幛天，既晴，已迷所住。

三年后闯寇犯顺，村舍为墟。韩夫人剪帛置门内，寇至，见云绕韦驮⑨高丈余，遂骇走，以是得保无恙。后村中有贾客至海上，遇一叟似老奴，而鬓发尽黑，猝不能认。叟停足笑曰：「我家公子尚健耶？借口寄语：秋姑亦甚安乐。」问其居何里，曰：「远矣，远矣！」匆匆遂去。公子闻之，使人于所在遍访之，竟无踪迹。

异史氏曰：管城子无食肉相⑩，其来旧矣。初念甚明，而乃持之不坚。宁如糊眼主司，固衡命不衡文耶？一击不中，冥然遂死，蠹鱼之痴，一何可怜！伤哉雄飞不如雌伏。

黄庭坚《戏呈孔毅父》：管城子无食肉相，孔方兄有绝文书。

注释 ①冠玉：帽子上装饰用的美玉。此处比喻美男子。②瑕落：指冷落。③老宿：老成有声望的人。此处指宿儒。④已登鬼箓：已经离开人世。鬼箓，死者名册。陶渊明《拟挽歌辞》：「昨暮同为人，今旦在鬼箓。」⑤蠹鱼：蛀蚀书籍的小虫子。其形似鱼，故称。⑥装奁：嫁妆。⑦鼎彝：鼎和彝都是古代青铜器，此处指珍贵的古玩。⑧楚：刑杖。⑨韦驮：佛教天神，为四天王三十二神将之首。其像多穿武将服，手持金刚杵，威猛高大。⑩管城子无食肉相：意谓读书人没有做官的福相。黄庭坚《戏呈孔毅父》诗：「管城子无食肉相，孔方兄有绝文书。」

贾奉雉

贾奉雉，平凉人。才名冠世，而试辄不售。一日途中遇一秀才，自言姓郎，风格飘洒，谈言微中①。因邀俱归，出课艺就正。郎读之，不甚称许，曰：「足下②文，小试取第一则有余，大场取榜尾亦不足。」贾曰：「奈何？」郎曰：「天下事，仰而跂③之则难，俯而就之④甚易，此何须鄙人言哉！」遂指一二人、一二篇以为标准，大率贾所鄙弃而不屑道者。贾笑曰：「学者立言，贵乎不朽，即味列八珍，当使天下不以为泰耳。如此猎取功名，虽登台阁，犹为贱也。」郎曰：「不然。文章虽美，贱则弗传。君将抱卷以终也则已；不然，帘内诸官，皆以此等物事进身，恐不能因阅君文，另换一副眼睛肺肠也。」贾终默然。郎起笑曰：「少年盛气哉！」遂别去。

《史记·滑稽列传》：谈言微中，亦可解纷。

是秋入闱复落，邑邑不得志，颇思郎言，遂取前所指示者强读之。未至终

贾奉雉

贾奉雉，平凉人。才名冠世，而试辄不售。一日，途中遇一秀才，自言郎姓，风格洒然，谈言微中①。因邀俱归，出课艺就正。郎读之，不甚称许，曰：“足下文，小试取第一则有余，闱场取榜尾则不足。”贾曰：“奈何？”郎曰：“天下事，仰而跂②之则难，俯而就之甚易，此何须鄙人言哉！”遂指一二人、一二篇以为标准，大率贾所鄙弃而不屑道者。贾笑曰：“学者立言，贵乎不朽，即味列八珍，当使天下不以为泰耳。如此猎取功名，虽登台阁，犹为贱也。”郎曰：“不然。文章虽美，贱则弗传。君将抱卷以终也则已；不然，帘内诸官，皆以此等物事进身，恐不能因阅君文，另换一副眼睛肺肠也。”贾终默然。郎起笑曰：“少年盛气哉！”遂别而去。是秋入闱，复落。邑邑不得志，颇思郎言，遂取前所指示者强读之。

篇，昏昏欲睡，心惶惑无以自主。又三年，场期将近，郎忽至，相见甚欢。出拟题七使贾作文。及成索阅，不许，令复作；作已，又訾之。贾戏于落卷中，集其葛茸泛滥⑤，不可告人之句，连缀成文，示之。郎喜曰：『得之矣！』因使熟记，坚嘱勿忘。贾笑曰：『实相告：此言不由中，转瞬即去，便受夏楚，不能复忆之也。』郎坐案头，强令自诵一遍；因使袒背，以笔写符而去，曰：『只此已足，可以束阁群书矣。』验其符，濯之不下，深入肌理。

入场七题无一遗者。回思诸作，茫不记忆，惟戏缀之文，历历在心。然把笔终以为羞；欲少窜易，而颠倒苦思，更不能复易一字。日已西坠，直录而出。郎候之已久，问：『何暮也？』贾以实告，即求拭符；视之已漫灭矣。回忆场中文，浑如隔世。大奇之，因问：『何不自谋？』笑曰：『某惟不作此等想，故不能读此等文也。』遂约明日过其寓。贾曰：『诺。』郎去，贾复取文自阅，大非本怀，怏怏自失，不复访郎，嗒丧而归。榜发，竟中经魁。复阅旧稿，汗透重衣，自言曰：『此文一出，何以见天下士乎！』正惭怍间，郎忽至曰：『求中即中矣，何其闷也？』曰：『仆适自念，以金盆玉碗贮狗矢，真无颜出见同人。行将遁迹山林，与世长辞矣。』郎曰：『此论亦高，但恐不能耳。若果能，仆引见一人，长生可得，并千载之名，亦不足恋，况傥来⑥之富贵乎！』贾悦，留与共宿，曰：

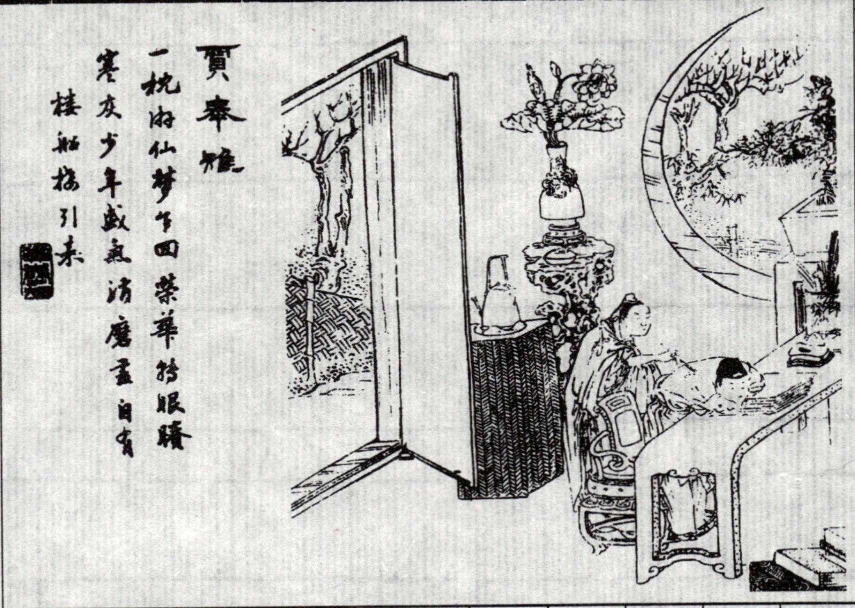

《庄子·缮性》：物之傥来，寄也。

『容某思之。』天明，谓郎曰：『吾志决矣！』不告妻子，飘然遂去。

渐入深山，至一洞府。有叟坐堂上，郎使参之，呼以师。叟曰：『来何早也？』郎曰：『此人道念已坚，望加收齿。』叟曰：『汝既来，须将此身并置度外，始得。』贾唯唯听命。郎送至一院，安其寝处，又投以饵，始去。房亦精洁；但户无扉，窗无棂，内惟一几一榻。贾解履登榻，月明穿射；觉微饥，取饵啖之，甘而易饱。因即寂坐，但觉清香满室，脏腑空明，脉络皆可指数。忽闻有声甚厉，似猫抓痒，自牖窥之，则虎蹲檐下。乍见甚惊；因忆师言，收神凝坐。虎似知有其人，寻入近榻，气咻咻遍嗅足股。少间闻庭中嗥动，如鸡受缚，虎即趋出。

又坐少时，一美人入，兰麝扑人，悄然登榻，附耳小言曰：『我来矣。』一言之间，口脂散馥。贾瞑然不少动。又低声曰：『睡乎？』声音颇类其妻，心微动。又念曰：『此皆师相试之幻术也。』瞑如故。美人曰：『鼠子动矣！』初，夫妻与婢同室，狎亵惟恐婢闻，私约一谜曰：『鼠子动，则相欢好。』忽闻是语，不觉大动，开目凝视，真其妻也。问：『何能来？』答云：『郎生恐君岑寂思归，遣一妪导我来。』言次，因贾出门不相告语，偎傍之际，颇有怨怼。贾慰藉良久，始得嬉笑为欢。既毕，夜已向晨，闻叟谯呵声，渐近庭院。妻急起，无地自匿，遂越短墙而去。俄顷郎从叟入。叟对贾杖郎，便令逐客。郎亦引贾自短墙出，曰：『仆望君奢，不免躁进；不图情缘未断，累受扑责。从此暂别，相见行有日矣。』指示归途，拱手遂别。

贾俯视故村，故在目中。意妻弱步，必滞途间。疾趋里余，已至家门，但见房垣零落，旧景全非，村中老幼，竟无一相识者，心始骇异。忽念刘、阮返自天台，情景真似。不敢入门，于对户憩坐。良久，有老翁曳杖出。贾揖之，

问：『贾某家何所？』翁指其第曰：『此即是也。』得无欲闻奇事耶？仆悉知之。相传此公闻捷即遁；遁时其子才七八岁。后至十四五岁，母忽大睡不醒。子在时，寒暑为之易衣；迨后穷蹶⑦，房舍拆毁，惟以木架苫覆蔽之。月前夫人忽醒，屈指百余年矣。远近闻其异，皆来访视，近日稍稀矣。』贾豁然顿悟，曰：『翁不知贾奉雉即某是也。』翁大骇，走报其家。

时长孙已死；次孙祥，至五十余矣。以贾年少，疑有诈伪。少间夫人出，始识之。双涕霪霪，呼与俱去。苦无屋宇，暂入孙舍。大小男妇，奔入盈侧，皆其曾、玄，率陋劣少文。长孙妇吴氏，沽酒具藜藿；又使少子杲及妇，与已同室，除舍舍祖翁姑。贾入舍，烟埃儿溺，杂气熏人。居数日，懊惋殊不可耐。两孙家分供餐饮，调饪尤乖。里中以贾新归，日日招饮；而夫人恒不得一饱。吴氏故士人女，颇娴闺训，承顺不衰。祥家给奉渐疏，或呼而与之。贾

怒，携夫人去，设帐东里。每谓夫人曰：『吾甚悔此一返，而已无及矣。不得已，复理旧业，若心无愧耻，富贵不难致也。』居年余，吴氏犹时馈赠，而祥父子绝迹矣。是岁试入邑庠。宰重其文，厚赠之，由此家稍裕。祥稍稍来近就之。贾唤入，计曩所耗费出金偿之，斥绝令去。遂买新第，移吴氏共居之，吴二子，长者留守旧业；次杲颇慧，使与门人辈共笔砚。

贾自山中归，心思益明澈，遂连捷登进士。又数年，以侍御出巡两浙，声名赫奕，歌舞楼台，一时称盛。贾为人鲠峭⑧，不避权贵，朝中大僚思中伤之。贾屡疏恬退，未蒙俞允，未几而祸作矣。先是，祥六子皆无赖，贾虽摈斥不齿，然皆窃余势以作威福，横占田宅，乡人共患之。有某乙娶新妇，祥次子篡娶为妾。乙故狙诈，乡人敛金助讼，以此闻于都。当道交章劾贾。贾殊无以自剖，被收经年。祥及次子皆瘐死。贾奉旨充辽阳军。

意，当寄语使委冰焉。」女无语，王笑而去。

数日无耗，女疑王氏未往，又疑宦裔不肯俯就。邑邑徘徊，渐废饮食，寝疾惙顿。王氏适来省视，研诘病由。女曰：「自亦不知。但日别后，渐觉不快，延命假息，朝暮人也。」王小语曰：「我家男子负贩未归，尚无人致声鄂郎。芳体②违和，莫非为此？」女赪颜良久。王戏曰：「果为此，病已至是，尚何顾忌？先令其夜来一聚，彼宁不肯可？」女叹气曰：「事至此，已不能羞。若渠不嫌寒贱，即遣冰来，病当愈；若私约，则断断不可！」王颔之而去。

王幼时与邻生宿介通，既嫁，宿侦夫他出，辄寻旧好。是夜宿适来，因述女言为笑，戏嘱致意鄂生。宿久知女美，闻之窃喜其有机可乘。欲与妇谋，又恐其妒，乃假无心之词，问女家闺闼甚悉。次夜逾垣入，直达女所，以指叩

窗。女问：「谁何？」答曰：「鄂生。」女曰：「妾所以念君者，为百年，不为一夕。郎果爱妾，但当速遣冰人；若言私合，不敢从命。」宿姑诺之，苦求一握玉腕为信。女不忍过拒，力疾启扉。宿遽入，抱求欢。女无力撑拒，仆地上，气息不续。宿急曳之。女曰：「何来恶少，必非鄂郎；果是鄂郎，其人温驯，知妾病由，当相怜恤，何遂狂暴若此！若复尔尔③，便当鸣呼，品行亏损，两无所益！」宿恐假迹败露，不

问：『贾某家何所？』翁指其第曰：『此即是也。得无欲闻奇事耶？仆悉知之。相传此公闻捷即遁；遁时其子才七八岁。后至十四五岁，母忽大睡不醒。子在时，寒暑为之易衣；追后穷踧⑦，房舍拆毁，惟以木架苫覆蔽之。月前夫人忽醒，屈指百余年矣。远近闻其异，皆来访视，近日稍稀矣。』贾豁然顿悟，曰：『翁不知贾奉雉即某是也。』翁大骇，走报其家。

时长孙已死；次孙祥，至五十余矣。以贾年少，疑有诈伪。少间夫人出，始识之。双涕霪霪，呼与俱去。苦无屋宇，暂入孙舍。大小男妇，奔入盈侧，皆其曾、玄，率陋劣少文。长孙妇吴氏，沽酒具藜藿；又使少子杲及妇，与已同室，除舍舍祖翁姑。贾入舍，烟埃儿溺，杂气熏人。居数日，懊惋殊不可耐。两孙家分供餐饮，调饪尤乖。里中以贾新归，日日招饮；而夫人恒不得一饱。吴氏故士人女，颇娴闺训，承顺不衰。祥家给奉渐疏，或呼而与之。贾怒，携夫人去，设帐东里。每谓夫人曰：『吾甚悔此一返，而已无及矣。不得已，复理旧业，若心无愧耻，富贵不难致也。』居年余，吴氏犹时馈赠，而祥父子绝迹矣。是岁试入邑庠。宰重其文，厚赠之，由此家稍裕。祥稍稍来近就之。贾唤入，计曩所耗费出金偿之，斥绝令去。遂买新第，移吴氏共居之，吴二子，长者留守旧业；次杲颇慧，使与门人辈共笔砚。

贾自山中归，心思益明澈，遂连捷登进士。又数年，以侍御出巡两浙，声名赫奕，歌舞楼台，一时称盛。贾为人鲠峭⑧，不避权贵，朝中大僚思中伤之。贾屡疏恬退，未蒙俞允，未几而祸作矣。先是，祥六子皆无赖，贾虽摈斥不齿，然皆窃余势以作威福，横占田宅，乡人共患之。有某乙娶新妇，祥次子篡娶为妾。乙故狙诈，乡人敛金助讼，以此闻于都。当道交章劾贾。贾殊无以自剖，被收经年。祥及次子皆瘐死。贾奉旨充辽阳军。

时杲入泮已久，人颇仁厚，有贤声。夫人生一子，年十六，遂以嘱杲，夫妻携一仆一媪而去。贾曰：『十余年之富贵，曾不如一梦之久。今始知荣华之场，皆地狱境界，悔比刘晨、阮肇，多造一重孽案耳。』数日抵海岸，遥见巨舟来，鼓乐殷作，虞候皆如天神。既近，舟中一人出，笑请侍御过舟少憩。贾见惊喜，踊身而过，押吏不敢禁。夫人急欲相从，而相去已远，遂愤投海中。漂泊数步，见一人垂练于水引救而去。隶命篙师⑨荡舟，且追且号，但闻鼓声如雷，与轰涛相间，瞬间遂杳。仆识其人，盖郎生也。

异史氏曰：世传陈大士在闱中，书艺既成，吟诵数四，叹曰：『亦复谁人识得！』遂弃而更作，以故闱墨不及诸稿。贾生羞而遁去，盖亦有仙骨焉。乃再返人世，遂以口腹自贬⑩，贫贱之中人甚矣哉！

注释 ①谈言微中：意谓言谈委婉，但切中事理。《史记·滑稽列传》：『谈言微中，亦可解纷。』②足下：称呼对方的敬辞。③跂：踮起脚尖。④俯而就之：降格屈就。《礼记·檀弓上》：『子思曰：先王之制礼也，过之者，俯而就之；不至焉者，跂而及之。』⑤薾茸泛滥：形容文词境界不高，语意浮夸。⑥傥来：无意中得到。《庄子·缮性》：『物之傥来，寄也。』此处指意外得来的荣华富贵，如镜花水月。⑦穷蹙：贫困。蹙，同『蹙』。⑧鲠峭：耿直。⑨篙师：指船夫。⑩以口腹自贬：为生活所迫不得不做违心之举。口腹，指饮食。

胭脂

东昌卞氏，业牛医者，有女小字胭脂，才姿惠丽。父宝爱之，欲占卜①清门，而世族鄙其寒贱，不屑缔盟，所以及笄未字。对户庞姓之妻王氏，佻脱善谑，女闺中谈友也。一日送至门，见一少年过，白服裙帽，丰采甚都。女意动，秋波萦转之。少年俯首趋去。去既远，女犹凝眺。王窥其意，戏谓曰：『以娘子才貌，得配若人，庶可无憾。』女晕红上颊，脉脉不作一语。王问：『识得此郎否？』女曰：『不识。』曰：『此南巷鄂秀才秋隼，故孝廉之子。妾向与同里，故识之，世间男子无其温婉。近以妻服未阕，故衣素。娘子如有

意，当寄语使委冰焉。』女无语，王笑而去。

数日无耗，女疑王氏未往，又疑宦裔不肯俯就。邑邑徘徊，渐废饮食；萦念颇苦，寝疾惙顿。王氏适来省视，研诘病由。女曰：『自亦不知。但尔日别后，渐觉不快，延命假息，朝暮人也。』王小语曰：『我家男子负贩未归，尚无人致声鄂郎。芳体②违和，莫非为此？』女赪颜良久。王戏曰：『果为此，病已至是，尚何顾忌？先令其夜来一聚，彼宁不肯可？』女叹气曰：『事至此，已不能羞。若渠不嫌寒贱，即遣冰来，病当愈；若私约，则断断不可！』王颔之而去。

王幼时与邻生宿介通，既嫁，宿侦夫他出，辄寻旧好。是夜宿适来，因述女言为笑，戏嘱致意鄂生。宿久知女美，闻之窃喜其有机可乘。欲与妇谋，又恐其妒，乃假无心之词，问女家闺闼甚悉。次夜逾垣入，直达女所，以指叩窗。女问：『谁何？』答曰：『鄂生。』女曰：『妾所以念君者，为百年，不为一夕。郎果爱妾，但当速遣冰人；若言私合，不敢从命。』宿姑诺之，苦求一握玉腕为信。女不忍过拒，力疾启扉。宿遽入，抱求欢。女无力撑拒，仆地上，气息不续。宿急曳之。女曰：『何来恶少，必非鄂郎；果是鄂郎，其人温驯，知妾病由，当相怜恤，何遂狂暴若此！若复尔尔③，便当鸣呼，品行亏损，两无所益！』宿恐假迹败露，不

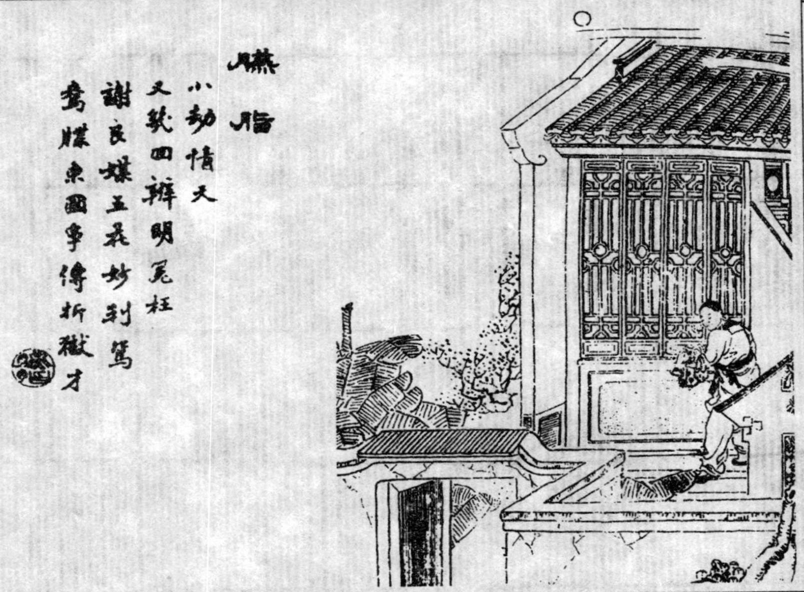

敢复强，但请后会。女以亲迎为期。宿以为远，又请。女厌纠缠，约待病愈。宿求信物，女不许；宿捉足解绣履而出。女呼之返，曰：『身已许君，复何吝惜？但恐「画虎成狗」，致贻污谤。今亵物④已入君手，料不可反。君如负心，但有一死！』宿既出，又投宿王所。既卧，心不忘履，阴摸衣袂，竟已乌有。急起篝灯，振衣冥索。诘王，不应。疑其藏匿，王又故笑以疑之。宿不能隐，实以情告。言已遍烛门外，竟不可得。懊恨归寝，犹意深夜无人，遗落当犹在途也。早起寻，亦复杳然。

先是巷中有毛大者，游手无籍。尝挑王氏不得，知宿与洽，思掩执以胁之。是夜过其门，推之未扃，潜入。方至窗下，踏一物软若絮绵，拾视，则巾裹女舄。伏听之，闻宿自述甚悉，喜极，抽息而出。逾数夕，越墙入女家，门户不悉，误诣翁舍。翁窥窗见男子，察其音迹，知为女来。大怒，操刀直出。毛大骇，反走。方欲攀垣，而卞追已近，急无所逃，反身夺刃；媪起大呼，毛不得脱，因而杀翁。女稍痊，闻喧始起。共烛之，翁脑裂不能言，俄顷已绝。于墙下得绣履，媪视之，胭脂物也。逼女，女哭而实告之；不忍贻累王氏，言鄂生之自至而已。天明讼于邑。

官拘鄂。鄂为人谨讷，年十九岁，见人羞涩如处子。被执骇绝。上堂不能置词，惟有战栗。宰益信其情实，横加梏械。生不堪痛楚，遂诬服。及解郡，敲扑如邑。生冤气填塞，每欲与女面质；及相见，女辄诟詈，遂结舌不能自伸，由是论死。经数官复讯无异。

后委济南府复审。时吴公南岱守济南，一见鄂生，疑其不类杀人者，阴使人从容私问之，俾尽得其词。公以是益知鄂生冤。筹思数日始鞫之。先问胭脂：『订约后有知者否？』曰：『无之。』『遇鄂生时别有人否？』亦曰：『无

之。」乃唤生上，温语慰问。生曰：「曾过其门，但见旧邻妇王氏同一少女出，某即趋避，过此并无一言。」吴公叱女曰：「适言侧无他人，何以有邻妇也？」欲刑之。女惧曰：「虽有王氏，与彼实无关涉。」公罢质，命拘王氏。拘到，禁不与女通，立刻出审，便问王：「杀人者谁？」王曰：「不知。」公诈之曰：「胭脂供杀卞某汝悉知之，何得不招？」妇呼曰：「冤哉！淫婢自思男子，我虽有媒合之言，特戏之耳。彼自引奸夫入院，我何知焉！」公细诘之，始述其前后相戏之词。公呼女上，怒曰：「汝言彼不知情，今何以自供撮合哉？」女流涕曰：「自己不肖，致父惨死，讼结不知何年，又累他人，诚不忍耳。」公问王氏：「既戏后，曾语何人？」王供：「无之。」公怒曰：「夫妻在床应无不言者，何得云无？」王曰：「丈夫久客未归。」公曰：「虽然，凡戏人者，皆笑人之愚，以炫己之慧，更不向一人言，将谁欺？」命梏十指。妇不得已，实供：「曾与宿言。」公于是释鄂拘宿。宿至，自供：「不知。」公曰：「宿妓者必非良士！」严械之。宿供曰：「赚女是真。自失履后，未敢复往，杀人实不知情。」公曰：「逾墙者何所不至！」又械之。宿不任凌藉，遂亦诬承。招成报上，咸称吴公之神。铁案如山，宿遂延颈以待秋决矣。然宿虽放纵无行，实亦东国名士。闻学使施公愚山贤能称最，且又怜才恤士，宿因以一词控其冤枉，语言怆恻。公乃讨其招供，反复凝思之，拍案曰：「此生冤也！」遂请于院、司，移案再鞫。问宿生：「鞋遗何所？」供曰：「忘之。但叩妇门时，犹在袖中。」转诘王氏：「宿介之外，奸夫有几？」供曰：「无之。」公曰：「淫妇岂得专私一人？」又供曰：「身与宿介稚齿交合，故未能谢绝；后非无见挑者，身实未敢相从。」因使指其挑者，供云：「同里毛大，屡挑屡拒之矣。」公曰：「何忽贞白如此？」命搒之。妇顿首出血，力辨无有，乃释

之。又诘：『汝夫远出，宁无有托故而来者？』曰：『有之。某甲、某乙，皆以借贷馈赠，曾一二次入小人家。』

盖甲、乙皆巷中游荡之子，有心于妇而未发者也。公悉籍其名，并拘之。既齐，公赴城隍庙，使尽伏案前。讯曰：『曩梦神告，杀人者不出汝等四五人中。今对神明，不得有妄言。如肯自首，尚可原宥；虚者廉得无赦！』同声言无杀人之事。公以三木置地，将并夹之。括发裸身，齐鸣冤苦。公命释之，谓曰：『既不自招，当使鬼神指之。』使人以毡褥悉障殿窗，令无少隙；袒诸囚背，驱入暗中，始投盆水，一一命自盥讫；系诸壁下，戒令『面壁勿动，杀人者当有神书其背』。少间，唤出验视，指毛曰：『此真杀人贼也！』盖公先使人以灰涂壁，又以烟煤濯其手：杀人者恐神来书，故匿背于壁而有灰色；临出以手护背，而有烟色也。公固疑是毛，至此益信。施以毒刑，尽吐其实。判曰：

『宿介：蹈盆成括杀身之道，成登徒子好色之名。只缘两小无猜，遂野鹜如家鸡之恋；为因一言有漏，致得陇兴望蜀之心。将仲子而逾园墙，便如鸟堕；冒刘郎而至洞口，竟赚门开。感帨惊尨，鼠有皮胡若此？攀花折树⑤，士无行其谓何！幸而听病燕之娇啼，犹为玉惜；怜弱柳之憔悴，未似莺狂。而释幺凤于罗中，尚有文人之意；乃劫香盟于袜底，宁非无赖之尤！蝴蝶过墙，隔窗有耳；莲花瓣卸，堕地无踪。假中之假以生，冤外之冤谁信？天降祸起，酷械至于垂亡；自作孽盈，断头几于不续。彼逾墙钻隙，固有玷夫儒冠；而僵李代桃，诚难消其冤气。是宜稍宽笞扑，折其已受之惨；姑降青衣，开彼自新之路。

『若毛大者：刁猾无籍，市井凶徒。被邻女之投梭，淫心不死；伺狂童

《诗·郑风·将仲子》：将仲子兮，无逾我里，无折我树杞。岂敢爱之，畏我父母。

《诗·周南·关雎》：关关雎鸠，在河之洲。窈窕淑女，君子好逑。

之入巷，贼智忽生。开户迎风，喜得履张生之迹；求浆值酒，妄思偷韩掾之香。何意魄夺自天，魂摄于鬼。浪乘槎木，直入广寒之宫；径泛渔舟，错认桃源之路。遂使情火息焰，欲海生波。刀横直前，投鼠无他顾之意；寇穷安往，急兔起反噬之心。越壁入人家，止期张有冠而李借；夺兵遗绣履，遂教鱼脱网而鸿罹。风流道乃生此恶魔，温柔乡何有此鬼蜮哉！即断首领，以快人心。

『胭脂：身犹未字，岁已及笄。以月殿之仙人，自应有郎似玉；原霓裳之旧队，何愁贮屋无金？而乃感关雎而念好逑，竟绕春婆之梦[6]；怨摽梅[7]而思吉士，遂离倩女之魂。为因一线缠萦，致使群魔交至。争妇女之颜色，恐失「胭脂」；惹鸷鸟之纷飞，并托「秋隼」。莲钩摘去，难保一瓣之香；铁限敲来，几破连城之玉。嵌红豆于骰子，相思骨竟作厉阶；丧乔木于斧斤，可憎才真成祸水！葳蕤自守，幸白璧之无瑕；缧绁苦争，喜锦衾之可覆。嘉其入门之拒，犹洁白之情人；遂其掷果之心，亦风流之雅事。仰彼邑令，作尔冰人。』

案既结，遐迩传颂焉。

自吴公鞫后，女始知鄂生冤。堂下相遇，觍然含涕，似有痛惜之词，而未可言也。生感其眷恋之情，爱慕殊切；而又念其出身微贱，日登公堂，为千人所窥指，恐娶之为人姗笑，日夜萦回，无以自主。判牒既下，意始安贴。邑宰为之委禽，送鼓吹焉。

异史氏曰：甚哉！听讼之不可以不慎也！纵能知李代为冤，谁复思桃僵亦屈？然事虽暗昧，必有其间，要非审思研察，不能得也。呜呼！人皆服哲人[8]之折狱明，而不知良工之用心苦矣。世之居民上者，棋局消日，绸被放

衙，下情民艰，更不肯一劳方寸。至鼓动衙开，巍然坐堂上，彼哓哓者直以桎梏靖之，何怪覆盆⑨之下多沉冤哉！

施愚山先生校士山左，爱才如命，奖励后进，非止衡文无屈士也。尝有名士入场，作『宝藏兴焉』文，误认作『水』；录毕而始悟之，料无不黜之理。因作词文后云：『宝藏在山间，误认却在水边。山头盖起水晶殿。瑚长峰尖，珠结树颠。这一回崖中跌死撑船汉！告苍天：留点蒂儿，好与朋友看。』先生阅而和之曰：『宝藏将山夸，忽然见在水涯。樵夫漫说渔翁话。题目虽差，文字却佳，怎肯放在他人下。尝见他，登高怕险；那曾见，会水淹杀？』此亦怜才一事也。

注释 ①占卜：卜婚。《左传·庄公二十二年》：春秋时，齐国懿仲想把女儿嫁给陈敬仲，占卜时，占得『凤凰于飞，和鸣锵锵』等吉语。②芳体：对妇女身体的敬称。③尔尔：不过如此。④亵物：贴身衣物。此处指绣履。⑤攀花折树：喻欺辱妇女。《诗·郑风·将仲子》：『将仲子兮，无逾我里，无折我树妃。岂敢爱之，畏我父母。』士无行，谓读书人品德低下。⑥『而乃感关雎』二句：意谓胭脂对鄂生的恋情落空。《诗·周南·关雎》，『关关雎鸠，在河之洲。窈窕淑女，君子好逑。』⑦摽梅：落梅，梅子成熟落地，喻女子到了该嫁人的时候。⑧哲人：智者，有智慧的人。⑨覆盆：倒扣的盆，比喻沉冤不见天日。

阿纤

奚山者，高密①人。贸贩为业，常客蒙沂间。一日途中阻雨，至歇处，夜已深，遍叩无应。徘徊底下。忽二扉豁开，一叟出，邀客入，山喜从之。絷蹇登堂，堂上并无几榻。叟曰：『我怜客无归，故相容纳。我实非卖食沽饮者。家下止有老荆弱女，已眠熟矣。虽有宿肴，苦少烹鬻②，勿嫌冷啜也。』言已，便人。少顷，以足床来置地上，促客坐；又携一短足几至：往来蹀躞。山起坐不自安，曳令暂息。

少间，一女郎出行酒。叟顾曰：『我家阿纤兴矣。』视之，年十六七，窈窕秀弱，风致嫣然。山有少弟未婚，窃属意焉。因问叟清贯尊阀，答云：『士虚，姓古。子孙夭折，剩有此女。适不忍搅其酣睡，想老荆唤起矣。』问：『婿家阿谁？』答云：『未字。』山窃喜。既而品味杂陈，似所宿具。食已，致

谢曰：『萍水之人，遂蒙宠惠，没齿所不敢忘。缘翁盛德，乃敢遽陈朴鲁：仆有弟三郎，十七岁矣。读书肆业，颇不冥顽。欲求援系，不嫌寒贱否？』叟喜曰：『老夫在此，亦是侨寓。倘得相托，便假一庐，移家而往，庶免悬念。』山都应之，遂启展谢。叟殷勤安置而去。鸡既鸣，叟出，呼客盥沐。束装已，酬以饭金。固辞曰：『留客一饭，万无受金之理；矧附为婚姻乎？』既别，客月余乃返。去村里余，遇老媪率一女郎，冠服尽素。既近，疑似阿纤。女郎亦频转顾，因把媪袂，附耳不知何辞。媪便停步，向山曰：『君奚姓乎？』山曰：『然。』媪惨容曰：『不幸老翁压于败堵，今将上墓。家虚无人，请少待路侧，行即还也。』遂入林去，移时始来。途已昏冥，遂与偕行。道其孤弱，不觉哀啼，山亦酸恻。媪曰：『此处人情大不平善，孤孀难以过度。阿纤既为君家妇，过此恐迟时日，不如早夜同归。』山可之。

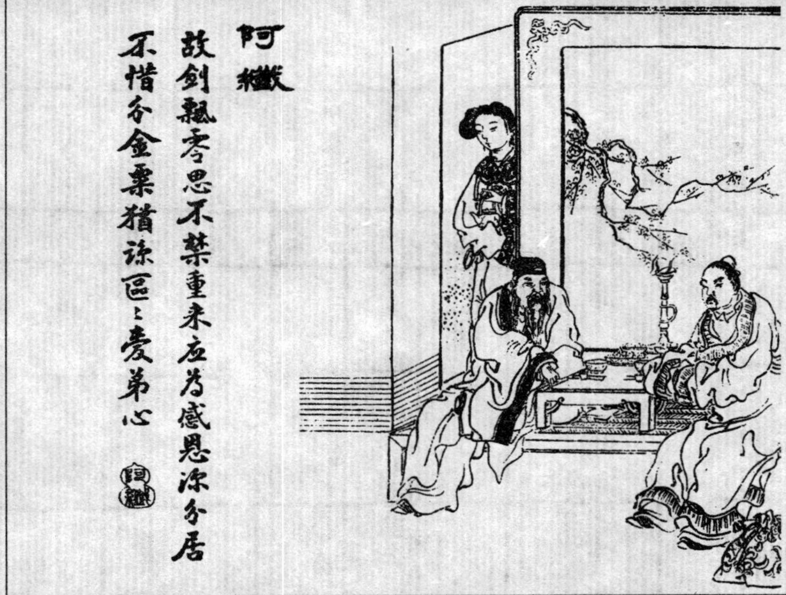

阿纤

故剑飘零思不禁重来应为感恩深分居不惜分金粟犹识区区爱弟心

既至家，媪挑灯供客已，谓山曰：『意君将至，储粟都已粜去；尚存二十余石，远莫致之。北去四五里，村中第一门有谈二泉者，是吾售主。君勿惮劳，先以尊乘运一囊去，叩门而告之，但道南村中古姥有数石粟，粜作路用，烦驱蹄嗷一致之也。』即以囊粟付山。山策蹇去，叩门，一硕腹男子出，告以故，倾囊先归。俄有两夫以五骡至。媪引山至粟所，乃在窖中。山下为操量执概，母放女收，顷刻盈装，付之以去。

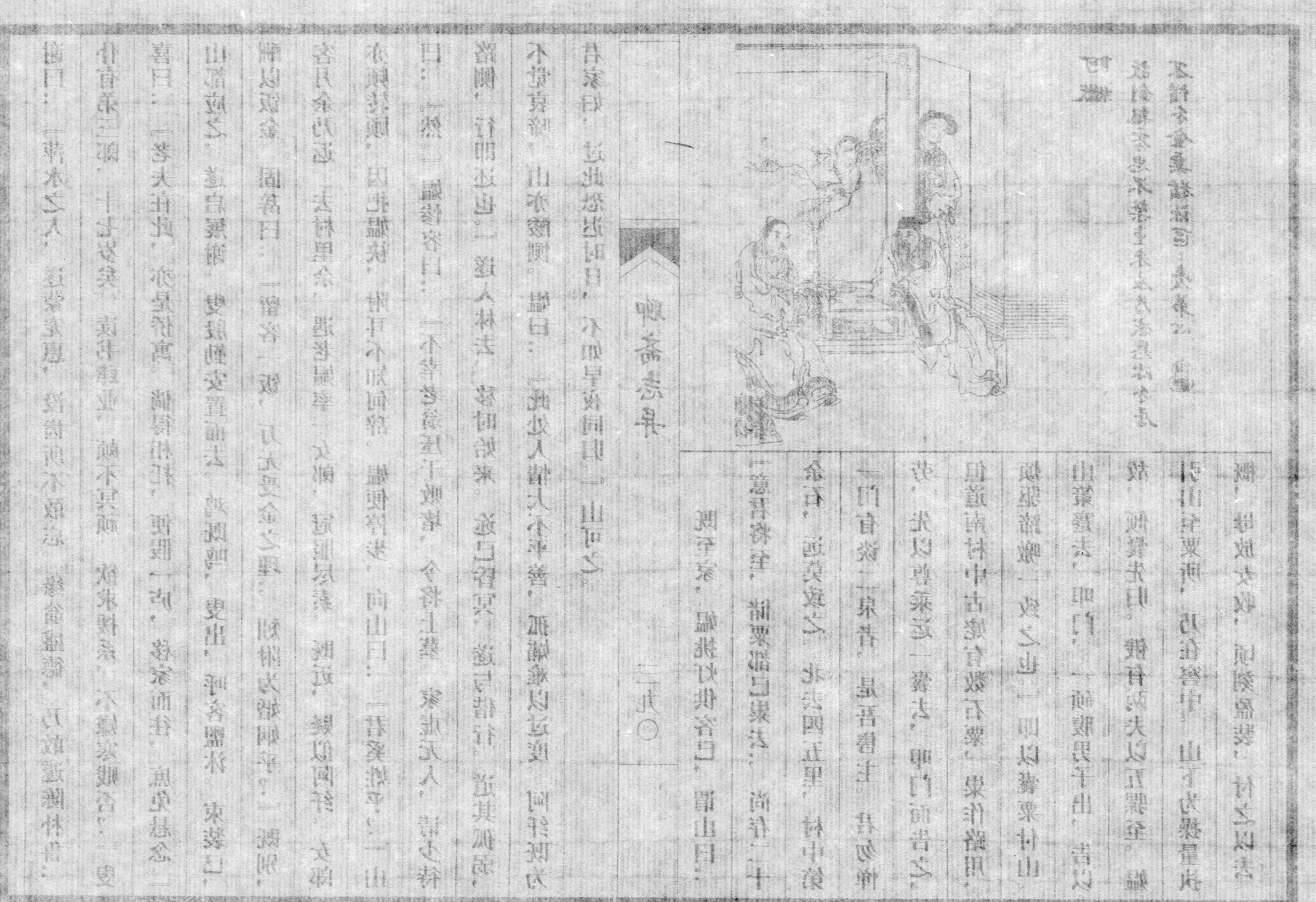

凡四返而粟始尽。既而以金授媪。媪留其一人二畜，治任遂东。行二十里，天始曙。至一市，市头赁骑，谈仆乃返。既归，山以情告父母。相见甚喜，再以别第馆媪，卜吉为三郎完婚。媪治奁装甚备。阿纤寡言少怒，或与言，但有微笑，昼夜绩织无停晷，以是上下俱怜悦之。嘱三郎曰：『寄语大伯：再过西道，勿言吾母子也。』居三四年，奚家益富，三郎入泮矣。

一日山宿古之旧邻，偶及曩年无归，投宿翁媪之事。主人曰：『客误矣。东邻为阿伯别第，三年前居者辄睹怪异，故空废甚久，有何翁媪相留？』山讶之，而未深信。主人又曰：『此宅向空十年无敢入者。一日第后墙倾，伯往视之，则石压巨鼠如猫，尾在外尚摇。急归，呼众往视，则已渺矣。群疑是物为妖。后十余日复入试，寂无形声；又年余始有居人。』山益奇之。归家私语，窃疑新妇非人，阴为三郎虑；而三郎笃爱如常。久之，家人竞相猜议。女微

察之，至夜语三郎曰：『妾从君数年，未尝少失妇德；今置之不以人齿，请赐离婚书，听君自择良偶。』因泣下。三郎曰：『区区寸心，宜所夙知。自卿入门，家日益丰，咸以福泽归卿，乌得有异言？』女曰：『君无二心，妾岂不知；但众口纷纭，恐不免秋扇之捐[3]。』三郎再四慰解，乃已。

山终不释，日求善扑之猫以觇其异。女虽不惧，然蹙蹙不快。一夕谓媪小恙，辞三郎省侍之。天明三郎往讯，则室已空矣。骇极，使人四途踪迹，并无消息。中心营营，寝食都废。而父兄皆以为幸，将为续婚；而三郎殊不怿。又年余，绝无音问。父兄辄相诮责，不得已，勉买一妾，然思阿纤不衰。又数年，奚家日渐贫，由是咸忆阿纤。

有叔弟岚以事至胶，迂道宿表戚陆生家。夜闻邻哭甚哀，未遑诘问。及返，又闻之，因问主人。答云：『数年前有寡母孤女，僦居于此。月前姥死，

《怨歌行》：常恐秋节至，凉风夺炎热，弃捐箧笥中，恩情中道绝。

女独处无一线之亲，是以哀耳。』问：『何姓？』曰：『姓古。尝闭户不与里社通，故未悉其家世。』岚惊曰：『是吾嫂也！』遂往款扉。有人挥涕出，隔扉问曰：『客何人？我家故无男子。』岚隙窥而遥审之，果嫂，便曰：『嫂启关，我是叔家阿遂。』女拔关纳入，诉其孤苦，忆怆悲怀。岚曰：『三兄忆念颇苦，夫妻即有乖迕，何遂远遁至此？』即欲赁舆同归。女怆然曰：『我以人不齿数故，遂与母偕隐；今又返而依人，谁不加白眼？如欲复还，当与大兄分炊；不然，行乳药④求死耳！』

岚归以告三郎。三郎星夜驰去，夫妻相见，各有涕洟。次日告其屋主。屋主谢监生，窥女美，阴欲图致为妾，数年不取屋直，频风示媪，媪绝之。媪死，窃幸可媒，而三郎忽至。通计房租以留难之。三郎家故不丰，闻金多，有忧色。女曰：『不妨。』引三郎视仓储，约粟三十余石，偿租有余。三郎喜以告谢，谢不受粟，故索金。女叹曰：『此皆妾身之恶幛也！』遂以其情告三郎。三郎怒，将讼于邑。陆氏止之，为散粟于里党，敛资偿谢，以车送两人归。

三郎实告父母，与兄析居。阿纤出私金，日建仓廪，而家中尚无儋石，共奇之。年余验视，则仓中满矣。又不数年，家中大富；而山苦贫。女请翁姑自养之；辄以金粟周兄，习以为常。三郎喜曰：『聊可谓不念旧恶矣。』女曰：『彼自爱弟耳。且非兄，妾何缘识三郎哉？』后亦无甚怪异。

注释 ①高密：县名，在今山东省。②烹鬵：煮饭的器具。鬵，大釜，食具。③秋扇之捐：比喻妇女遭受抛弃。班捷妤《怨歌行》：『常恐秋节至，凉风夺炎热，弃捐箧笥中，恩情中道绝。』④乳药：服毒。

仇大娘

仇仲，晋人也。值大乱，为寇俘去。二子福、禄俱幼；继室①邵氏，抚

《史记·平准书》：武至兼并豪党之徒，以武断于乡曲。

双孤，遗业能温饱。而岁②屡馑，豪强者复凌藉之，遂至食息不保。仲叔尚廉利其嫁，屡劝驾，邵氏矢志不摇。廉阴券于大姓，欲强夺之；关说已成，并无人知。里人魏名夙狡狯，与仲家积不相能，事事思中伤之。因邵寡，伪造浮言以相败辱。大姓闻之，恶其不德而止。久之，廉之阴谋与外之飞语，邵渐闻之，冤结胸怀，朝夕陨涕，四体渐以不仁，委身床榻。福甫十六岁，因缝纫无人，遂急为毕姻。妇，姜秀才屺瞻之女，颇贤能，百事赖以经纪。由此用渐裕，仍使禄从师读。

魏忌嫉之，而阳与善，频招福饮，福倚为心腹交。魏乘间告曰：『尊堂病废，不能理家人生产，弟坐食一无所操作，贤夫妇何为作牛马哉！且弟买妇，将大耗金钱。为君计不如早析，则贫在弟而富在君也。』福归谋诸妇，妇咄之。奈魏日以微言③相渐渍，福惑焉，直以己意告母，母怒，诟骂之。福益恚，辄视金粟为他人物而委弃之。魏乘机诱赌，仓粟渐空，妇知而未敢言。及粮绝，母骇问，始以实告。母怒，遂析之。幸姜女贤，旦夕为母执炊，奉事一如平日。福既析，无顾忌，大肆淫赌，数月间田屋悉偿赌债，而母与妻皆不知。福资既罄，无所为计，因券妻代资，苦无受者。邑人赵阎罗，原系漏网大盗，武断一乡④，竟不畏福言之食，慨然假资。福持去，数日复空。意踟蹰，将背券盟。赵横目相加。福惧，赚

仇大娘
母家已落亢 重興阿父生還
喜更增析典田
圖翁不受大娘茲
但積才能

妻付之。魏闻窃喜，急奔告姜，实将倾败仇也。姜怒，讼兴；福惧甚，亡去。

姜女至赵家，方知为婿所卖，大哭，但欲觅死。赵初慰谕之，不听；既而威逼之，愈骂；大怒，鞭挞之，终不肯服。因拔笄自刺其喉，急救，已透食管，血溢出。赵急以帛束其项，犹冀从容而挫折焉。明日拘票已至，赵行行⑤不置意。官验女伤，命重笞之，隶相顾不敢用刑。官久知其横暴，至此益信，大怒，唤家人出，立毙之。姜遂舁女归。自姜之讼也，邵氏始知福不肖状，一号几绝，冥然大渐。禄时年十五，茕茕无主。

先是，仲有前室女大娘，嫁于远郡，性刚猛，每归宁，馈赠不满其志，辄迕父母，往往以愤去，仲以是怒恶之；数载已不往置问。邵氏垂危，魏欲使招之来而启其争。适有贸贩者与大娘同里，便托寄信大娘，且歆以家之可图。数日大娘果与少子至。入门，见幼弟侍病母，景象凄惨，不觉恻然。因问弟福，禄实告之。大娘闻之，忿气塞吭，曰：『家无成人，遂任人蹂躏至此！吾家田产，诸贼何得赚去！』因入厨下，爇火炊糜，先供母，而后呼弟及子啖之。啖已，忿出，诣邑投状，讼诸博待。众惧，敛金赂大娘。大娘受其金而仍讼之。官拘甲、乙等，各加杖责，田产殊置不问。大娘率子赴郡讼之。郡守最恶赌博。大娘力陈孤苦，及诸恶局骗之状，情词慷慨。守为之动，判令知县追田给主；仍惩仇福以儆不肖。到县，邑令奉命敲逼，于是故产尽反。

大娘已寡，乃遣少子归，且嘱从兄务业，勿得复来。大娘从此止母家，养母教弟，内外井然。母大慰，病渐瘥，家务悉委大娘。里中豪强少见陵暴，辄握刀登门，侃侃⑥争论，罔不屈服。居年余，田产日增。时市药饵珍肴，馈遗姜女。见禄渐长成，嘱媒谋姻。魏告人曰：『仇家产业，悉属大娘，恐将来不可复返矣。』人咸信之，故无肯与论婚者。

有范公子子文，家中名园为晋第一。园中名花夹路，直通内室。或不知而误入之，公子怒，执为盗，杖几死。会清明，禄自塾中归，魏引与遨游，遂至范园。魏故与园丁相熟，放令入，周历亭榭。俄至一处，溪水汹涌，有画桥朱栏，通一漆门；遥望门内，繁花如锦，盖即公子内斋也。魏绐禄曰：『君请先入，我适欲私焉。』禄信之，寻桥入户，至一院落，闻女子笑声。方停步间，一婢出，窥见之，旋踵即返。禄始骇奔。无何公子出，叱家人绾索逐之。禄大窘，自投溪中。公子反怒为笑，命仆引出。见其容裳都雅，便令易其衣履，曳入一亭，诘其姓氏。蔼颜温语，意甚亲昵。俄趋入内；旋出，笑握禄手，过桥渐达曩所。禄不解其意，逡巡不敢入。公子强曳之入，见花篱内隐隐有美人窥伺。既坐，则群婢行酒。禄辞曰：『童子无知，误践闺闼，得蒙赦宥，已出非望。但求释令早归，受恩匪浅。』公子不听。俄顷，肴炙纷纭。禄又起，辞以醉饱，公子捺坐，笑曰：『仆有一乐拍名，若能对之，即放君行。』禄请教。公子曰：『拍名「浑不似」。』禄默思良久，对曰：『银成「没奈何」。』公子大喜曰：『真石崇也！』禄殊不解。

盖公子有女名蕙娘，美而知书，日择良偶。夜梦一人告之曰：『石崇，汝婿也。』问：『何在？』曰：『明日落水矣。』早告父母，共以为异。禄适符梦兆，故邀入内舍，使夫人女婢共觇之也。公子闻对而喜，乃曰：『拍名乃小女所拟，屡思而无其偶，今得属对，亦有天缘。仆欲以息女奉箕帚；寒舍不乏第宅，更无烦亲迎耳。』禄惶然逊谢，且以母病不能入赘为辞。公子姑令归谋，遂遣园人负湿衣，送之以马。既归告母，母惊为不详。于是始知魏氏险；然因凶得吉，亦置不仇，但戒子远绝而已。逾数日公子又使人致意母，母终不敢应。大娘应之，即倩双媒纳采焉。未几禄赘入公子家。年余游泮，才名籍甚。

妻弟长成，敬少弛；禄怒，携妇而归，母已杖而能行。频岁赖大娘经纪，第宅完好。新妇既归，仆从如云，宛然大家矣。

魏既见绝，嫉妒益深，恨无瑕之可蹈，乃引旗下逃人诬禄寄资。国初立法最严，禄依令徙口外。范公子上下贿托，仅以蕙娘免行；田产尽没入官。幸大娘执析产书，锐身告理，新增良沃⑦若干顷，悉挂福名，母女始得安居。禄自分不返，遂写离书付岳家，伶仃自去。

行数日至都北，饭于旅肆。有丐子怔营户外，貌绝类兄；亲往讯诘，果兄。禄因自述，兄弟悲惨。禄解复衣，分数金，嘱令归。福泣受而别。禄至关外，寄将军帐下为奴。因禄文弱，俾主文籍，与诸仆同栖止。仆辈研问家世，禄悉告之。内一人惊曰：『是吾儿也！』盖仇仲初为寇家牧马，后寇投诚，卖仲旗下，时从主屯关外。向禄缅述，始知真为父子，抱头大哭，一室俱为酸辛。已而愤曰：『何物逃东，遂诈吾儿！』因泣告将军。将军即命禄摄书记；函致亲王，付仲诣都。仲伺车驾出，先投冤状。亲王为之婉转，遂得昭雪，命地方官赎业归仇。仲返，父子各喜。禄细问家口，为赎身计。乃知仲入旗下，两易配而无所出，时方鳏居。禄遂治任归。

初，福别弟归，匍匐投大娘。大娘奉母坐堂上，操杖问之：『汝愿受扑责，便可姑留；不然，汝田产既尽，亦无汝啖饭之所，请仍去。』福涕泣伏地，愿受笞。大娘投杖曰：『卖妇之人，亦不足惩。但宿案未消，再犯首官可耳。』即使人往告姜，姜女骂曰：『我是仇家何人，而相告耶！』大娘频述告福而揶揄之，福惭愧不敢出气。居半年，大娘虽给奉周备，而役同厮养。福操作无怨词，托以金钱辄不苟。大娘察其无他，乃白母，求姜女复归，母意其不可复挽。大娘曰：『不然。渠如肯事二主，楚毒岂肯自罹？要不能不有此忿

耳。』率弟躬往负荆。岳父母诮让良切。大娘叱使长跪，然后请见姜女。请之再四，坚避不出；大娘搜捉以出。女乃指福唾骂，福惭汗无地自容。姜母始曳令起。大娘请问归期，女曰：『向受姊惠綦多，今承尊命，岂复敢有异言？但恐不能保其不再卖也！且恩义已绝，更何颜与黑心无赖子共生活哉？请别营一室，妾往奉事老母，较胜披削足矣。』大娘代白其悔，为翌日之约而别。

次日，以乘舆取归，母逆于门而跪拜之。女伏地大哭。大娘劝止，置酒为欢，命福坐案侧，乃执爵而言曰：『我苦争者非自利也。今弟悔过，贞妇复还，请以簿籍交纳；我以一身来，仍以一身去耳。』夫妇皆兴席改容。罗拜哀泣，大娘乃止。居无何，昭雪命下，不数日，田宅悉还故主。魏大骇，不知其故，自恨无术可以复施。适西邻有回禄之变⑧，魏托救焚而往，暗以编菅拃禄第，风又暴作，延烧几尽；止余福居两三屋，举家依聚其中。未几禄至，相见悲喜。初，范公子得离书，持商蕙娘。蕙娘痛哭，碎而投诸地。父从其志，不复强。禄归闻其未嫁，喜如岳所。公子知其灾，欲留之；禄不可，遂辞而退。大娘幸有藏金，出葺败堵。福负锸营筑，掘见窖镪，夜与弟共发之，石池盈丈，满中皆不动尊也。由是鸠工大作，楼舍群起，壮丽拟于世胄。禄感将军义，备千金往赎父。福请行，因遣健仆辅之以去。禄乃迎蕙娘归。未几父兄同归，一门欢腾。大娘自居母家，禁子省视，恐人议其私也。父既归，坚辞欲去。兄弟不忍。父乃析产而三之：子得二，女得一也。大娘固辞。兄弟皆泣曰：『吾等非姊，乌有今日！』大娘乃安之，遣人招子移家共居焉。或问大娘：『异母兄弟，何遂关切如此？』大娘曰：『知有母而不知有父者，惟禽兽如此耳，岂以人而效之？』福禄闻之皆流涕，使工人治其第，皆与己等。魏自计十余年，祸之而益福之，深自愧悔。又仰其富，思交欢之，因以贺仲阶进，

《尸子》：孔子『过于盗泉，渴矣而不饮，恶其名也。』

备物而往。福欲却之；仲不忍拂，受鸡酒焉。鸡以布缕缚足，逸入灶；灶火燃布，往栖积薪，僮婢不察。俄而薪焚灾舍，一家惶骇。幸手指众多，一时扑灭，而厨中已百物俱空矣。兄弟皆谓其物不祥。后值父寿，魏复馈牵羊。却之不得，系羊庭树。夜有僮被仆殴，忿趋树下，解羊索自经死。兄弟叹曰：『其福之不如其祸之也！』自是魏虽殷勤，竟不敢受其寸缕，宁厚酬之而已。后魏老，贫而作丐，仇每周以布粟而德报之。

异史氏曰：噫嘻！造物之殊不由人也！益仇之而益福之，彼机诈者无谓甚矣。顾受其爱敬；而反以得祸，不更奇哉？此可知盗泉⑨之水，一掬亦污也。

注释 ①继室：续娶的妻子。②岁：农业收成。③微言：暗中进言。④武断一乡：谓横行乡里。《史记·平准书》：『或至兼并豪党之徒，以武断于乡曲。』⑤行行：刚强的样子。⑥侃侃：理直气壮的样子。⑦良沃：肥沃的田地。⑧回禄之变：指发生火灾。回禄，迷信中的火神。⑨盗泉：古泉名，在今山东省泗水县东北。《尸子》：孔子『过于盗泉，渴矣而不饮，恶其名也。』古人用此比喻以卑鄙的手段得来的东西。此处比喻恶人魏名所送的礼物。

龙飞相公

安庆①戴生，少薄行，无检幅。一日醉归，途中遇故表兄季生。醉后昏眊②，竟忘其死，问：『向在何所？』季曰：『仆已异物③，君忘之耶？』戴始恍然，而醉亦不惧，问：『冥间何作？』答曰：『近在转轮王④殿下司录。』戴曰：『人世祸福当必知之？』季曰：『此仆职也，乌得不知？但过繁不甚关切，不能尽记耳。三日前偶稽册，尚睹君名。』戴急问其何词，季曰：『不敢相欺，尊名在黑暗狱⑤中。』戴大惧，酒亦醒，苦求拯拔。季曰：『此非仆所能效力，惟善可以已之。然君恶籍盈指，非大善不可复挽。穷秀才有何大力？即日行一善，非年余不能相准，今已晚矣。但从此砥行，则地狱或有出时。』戴闻之泣下，伏地哀恳；及仰首而季已杳矣。悒悒而归。由此洗心改行，不敢差跌。

先是，戴私其邻妇，邻人闻之而不肯发，思掩执之。而戴自改行，永与妇绝；邻人伺之不得，以为恨。一日遇于田间，阳与语，给窥眢井⑥，因而堕之。井深数丈，计必死。而戴中夜苏，坐井中大号，殊无知者。邻人恐其复上，过宿往听之；闻其声，急投石。戴移避洞中，不敢复作声。邻人知其不死，劚土⑦填井，几满之。

洞中冥黑真与地狱无异。况空洞无所得食，计无生理。蒲匐渐入，则三步外皆水，无所复之，还坐故处。初觉腹馁，久竟忘之。因思重泉下无善可行，惟长宣佛号而已。既见磷火浮游，荧荧满洞，因而祝之曰：『闻青磷悉为冤鬼；我虽暂生，固亦难返，如可共话，亦慰寂寞。』但见诸磷渐浮水来；磷中有一人，高约人身之半。诘所自来，答云：『此古煤井。主人攻煤，震动古墓，被龙飞相公决地海之水，溺死四十三人。我皆鬼也。』问：『相公何人？』

曰：『不知也。但相公文学士，今为城隍幕客，彼亦怜我等无辜，三五日辄一施水粥。思我辈冷水浸骨，超拔无日。君倘再履人世，祈捞残骨葬一义冢，则惠及泉下者多矣。』戴曰：『如有万分之一，此更何难。但深在九地，安望重睹天日乎！』因教诸鬼使念佛，捻块代珠，记其藏数。不知时之昏晓；倦则眠，醒则坐而已。

忽见深处有笼灯，众喜曰：『龙飞相公施食矣！』邀戴同往。戴虑水沮，

相公施食矣！」遂戴同往。戴居水狙，
忽见深处有光，众喜曰：「龙飞
眼。」臆则坐而已。
床，记其藏数。不知时之昏晓，惟侧
语天日乎！」因教诸鬼使念佛，抉代
之：「此更何境？但深在九地，安望重
惠及泉下者多矣。」戴曰：「如有万分
君倘再履人世，祈将骨骸葬「义冢」，则
施木渺。」思惟我辈冷木浸骨，超拔无日
闻者，彼亦念我等无辜。三五日辄一
曰：「不知也。但相公文学士，今为城

言。彼洗相公决地凿之木，得死四十三人。彼皆鬼也。」言：「相公何人？」
中有二人，高谈人事之事，语所自来，答云：「此古煤井。主人攻煤，震动古
鬼，彼咸暂生。固亦难返，遂可共活，亦恶敝处。」但见诸鬼渐浮水来。偶
推不宜弹云弯而已。案见弟火淬葬，求来游通。因问其祝，及曰：「面青淤杂尤究
外居本。无所寃之，还乐故处。初觉贰偿，人竟之。因思南泉下无善可行
洞中冥黑，真可透纵右旦，况空恤无所得食，廿九里。捕富新人，则三年
死。圃士填井，凡满之。
担。每往所之，何其声。急授曰：戴以通洞中，不敢复作声。众人知其不
之。井深数丈，计必死，而藏中夜方苏。坐井中大号，殊无应者。众人恐其复
活。众人相之不得，则以扰。一日过于井口，闻有言语。众人惊骇，自井中回，因而听
先甚，藏於其衾，石。余人更之而不言者，恩施及之。而彼自改行，永知

众强曳扶以行，飘若履虚。曲折半里许，至一处，众释令自行；步益上，如升数仞之阶。阶尽，睹房廊，堂上烧明烛一支，大如臂。戴久不见火光，喜极趋上。上坐一叟，儒服儒巾。戴辍步不敢前，叟已睹见，讶问：『生人何来？』戴上，伏地自陈。叟曰：『我子孙也。』因令起，赐之坐。自言：『戴潜，字龙飞。向因不肖孙堂，连结匪类，近墓作井，使老夫不安于夜室，故以海水投之。今其后续如何矣？』盖戴近宗凡五支，堂居长。初，邑中大姓赂堂，攻煤于其祖茔之侧。诸弟畏其强莫敢争。无何地水暴至，采煤人尽死井中。诸死者家群兴大讼，堂及大姓皆以此贫；堂子孙至无立锥。戴乃堂弟裔也。曾闻先人传其事，因告翁。翁曰：『此等不肖，其后焉得昌！汝既来此，当勿废读。』因饷以酒馔，遂置卷案头，皆成、洪制艺，迫使研读。又命题课文，如师教徒。堂上烛常明，不剪亦不灭。倦时辄眠，莫辨晨夕。翁时出，则

以一僮给役。历时觉有数年之久，然幸无苦。但无别书可读，惟制艺百首，首四千余遍矣。翁一日谓曰：『子孽报已满，合还人世。余冢邻煤洞，阴风刺骨，得志后当迁我于东原。』戴敬诺。翁乃唤集群鬼，仍送至旧坐处。群鬼罗拜再嘱。戴亦不知何计可出。

先是家中失戴，搜访既穷，母告官，系缧多人，杳无踪迹。积三四年，官离任，缉察亦弛。戴妻不安于室，遣嫁去。会里中人复治旧井，入洞见戴，抚之未死。大骇，报诸其家。舁归经日，始能言其底里。自戴入井，邻人殴杀其妻，为妻翁所讼，驳审年余，仅存皮骨而归。闻戴复生，大惧亡去。宗人议究治之。戴不许；且谓曩时实所自取，此冥中之谴，于彼何与焉。邻人察其意无他，始逡巡而归。井水既涸，戴买人入洞拾骨，俾各为具，市棺设地，葬从冢焉。又稽宗谱名潜，字龙飞，先设品物祭诸冢。学使闻其异，又赏其文，是

科以优等入闱，遂捷于乡。既归，营兆⑧东原，迁龙飞厚葬之；春秋上墓，岁岁不衰。

异史氏曰：余乡有攻煤者，洞没于水，十余人沉溺其中。竭水求尸，两月余始得涸，而十余人并无死者。盖水大至时，共泅高处，得不溺。缒而上之，见风始绝，一昼夜乃渐苏。始知人在地下，如蛇鸟之蛰，急切未能死也。然未有至数年者。苟非至善，三年地狱中，岂复有生理哉！

注释 ①安庆：即明清安庆府，在今安徽安庆市。②昏眊：视觉模糊。③异物：指死人。④转轮王：梵语意译，又作「转轮圣帝」「转轮圣王」「轮王」等，是神话中法力极强的「圣王」，相传他自天感得转轮宝，以转轮宝而降伏四方。⑤黑暗狱：为传说中的十八层地狱之一。⑥眢井：枯井。⑦劚土：掘土。劚，锄头，引申为挖掘。⑧营兆：修建坟墓。兆：指墓地。